孫崎 享
Magosaki Ukeru

小説 外務省

尖閣問題の正体

現代書館

小説 外務省——尖閣問題の正体

目次

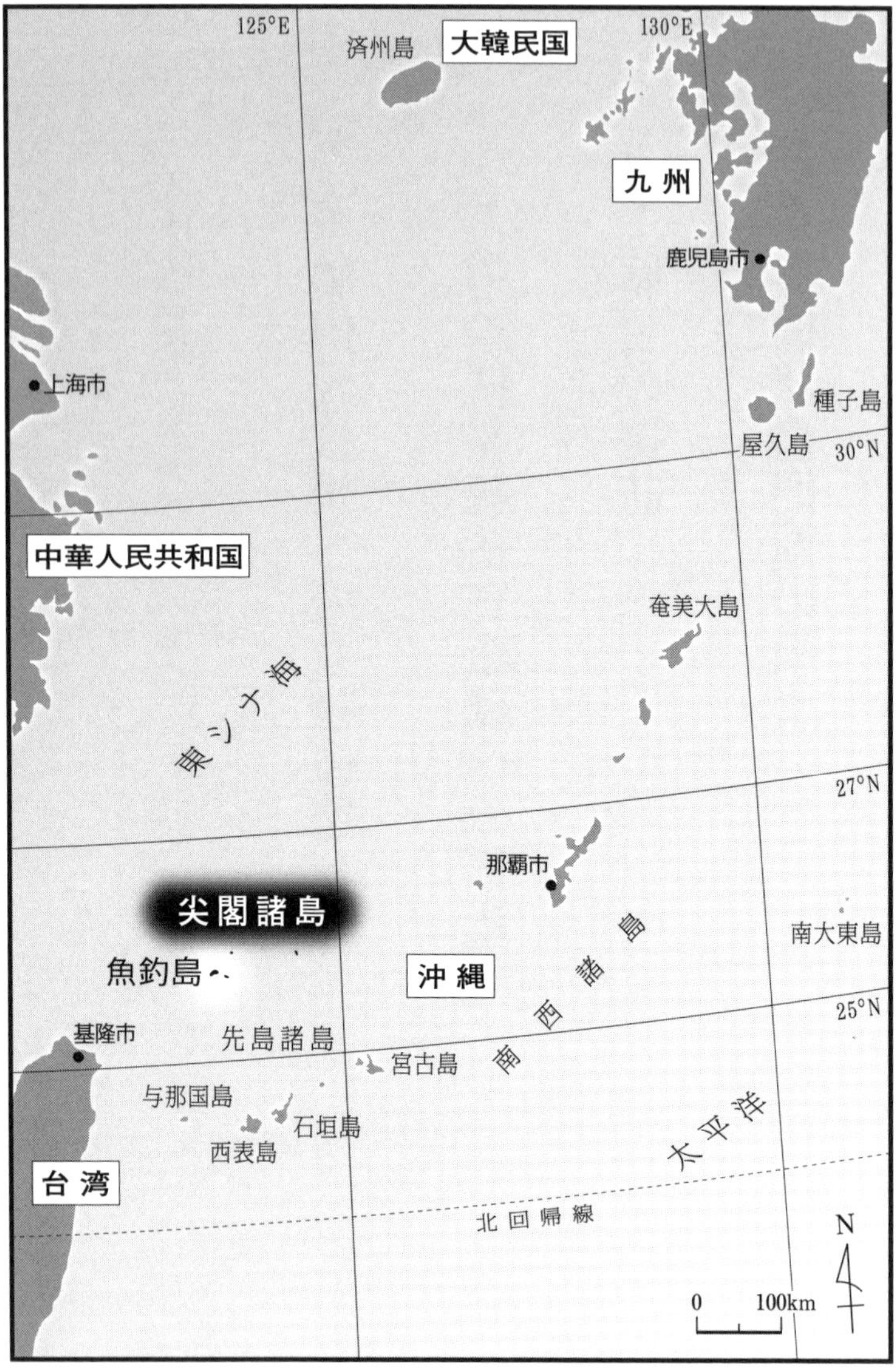

125°E
130°E
済州島
大韓民国
九州
鹿児島市
上海市
種子島
屋久島
30°N
中華人民共和国
奄美大島
東シナ海
27°N
那覇市
尖閣諸島
南大東島
魚釣島
沖縄
南西諸島
25°N
基隆市
先島諸島
宮古島
与那国島
石垣島
西表島
太平洋
台湾
北回帰線
N
0
100km

プロローグ

この本の主人公は外交官である。一九七七年生まれ、名前は西京寺大介。二〇二二年の今、彼は、尖閣諸島の扱いで外務事務次官に真っ向から反対し、外務省から追い出されるか否かの瀬戸際にいる。多くの人が彼の行動をいぶかるだろう。「黙って勤務していれば大使と呼ばれる職に就く。なぜそれを捨てるのか」と。

西京寺は石川県の鶴来《つるぎ》で生まれた。加賀はかつて一向一揆衆によって支配され、「百姓のもちたる国」といわれた。百年近く門徒の百姓たちが治め、一人の百姓が絶対的な権力をふるうこともなく、また、権力のある一人の百姓に媚びへつらうこともなかった。権力に迎合するのを極端に忌み嫌う土地柄なのである。

そこで育った彼は、東京大学を経て、一九九九年に外務省に入り、ロシア語の研修を命じられ、最初の二年間はハーバード大学で、三年目はモスクワ大学で研修を受けた。

彼に大きな影響を与えたのはロシア勤務である。ソ連・ロシアは最も全体主義的な国家だ。弾圧が厳しい。ここで自由を求めて闘う人々がいる。犠牲を伴うことは承知の上でだ。

国際ジャーナリスト連盟は、二〇〇九年に「ロシアでは一九九三年から約三〇〇名のジャーナリストが殺害されたか行方不明になっている」と伝えた。そのほぼすべてが政府の批判を行っている。民主化弾圧と闘うロシア人は、多くの場合、逮捕され、シベリアなどの過酷な収容所に送られる。この中で国際的に最も著名なのはアンナ・ポリトコフスカヤである。彼女は次のように書いた。

「権力機構に従順なジャーナリストだけが〝我々の一員〟として扱われる。報道記者として働きたいのであれば、プーチンの完全なる奴隷となることだろう。そうでなければ、銃弾で死ぬか、毒殺されるか、裁判で死ぬか――たとえプーチンの番犬であっても」

ポリトコフスカヤは自らの予言どおり、二〇〇六年、自宅アパートのエレベーター内で射殺された。

これらのジャーナリストはなぜ自分の命を犠牲にしてまで、ロシア政府を批判するのか。この現象は何もプーチン政権特有の現象ではない。ソ連時代もあった。ロシア帝国時代もあった。権力と闘える人、それがソ連・ロシアの知識人の資格かもしれない。

この国に勤務する西側の外交官や情報機関の人間は、権力と闘うロシア人に共感し、時に助ける。やがて彼らは自国に帰る。そして、自国の政治や社会状況を新たな目で見、その腐敗に驚く。「なんだ。腐敗しているという点ではロシアと同じじゃないか」と思う。彼らの中に、自国の政治や社会状況が問題だとして闘い始める人間が出る。

これが最も顕著に出たのは二〇〇三年のイラク戦争の時だ。

ブッシュ政権は大量破壊兵器があるという口実のもとにイラク戦争を開始した。米国や英国などの情報機関の相当数の人間は、イラクが大量破壊兵器を持っていないことを知っていて、それを組織の中で主張した。チェイニー米国副大統領（当時）は彼らを脅した。

「君は今、ブッシュ政権の下で働いている。ブッシュ政権はイラク戦争を実施する。君はブッシュ政権に忠実なのか、否か。忠実でないなら今すぐ去れ」

政権への従属を取るか、主張を貫くか。情報部門のかなりの人間が職場から去った。米国や英国には従属の選択をせずに闘う人間がいる。

西京寺もその一人である。彼は権力に迎合するのを忌み嫌う土地で育った。さらに、政治の腐敗や弾圧と闘うロシア人の気風を受け継いだ。

しかし、日本の社会に問題がなければ、彼が動くことはなかった。

日本は驚くほど危険な国になっている。それは十年ほど前の二〇一二年頃から顕著になってきた。映画人がそれを敏感に感じ取っていた。二〇一三年に公開された「少年H」の宣伝文句には「軍事統制も厳しさを増し、おかしいことを『おかしい』と、自由な発言をしづらい時代となっていく中、盛夫は、周囲に翻弄されることなく、『おかしい』、『なんで?』と聞くHに、しっかりと現実を見ることを教え育てる」とある。これは、日本社会が「おかしいことをおかしいと自由に発言しづらくなっている」ことに対する警鐘であろう。また、映画監督の宮崎駿は引退宣言で「世界がギシギシ音を立てて変化している時代に、今までと同じファンタジーを作り続けるのは無理がある」と語った。

同じ頃、原発再稼働反対の立場で、最前線で発言していたのが新潟県の泉田裕彦知事である。

彼はあるインタビューに答え、「もし僕が自殺なんてことになったら、絶対に違うので調べてください」と言った。しかし、彼はその後、原発再稼働に対する態度を軟化させ、「一部では『政府が知事のスキャンダルを探している』『特捜検察が泉田知事を徹底的に洗い始めている』といった怪情報が飛び交っていた」と報道された。

この頃から日本は、「正しいこと」を「正しい」と言えない国になってきたのだ。日本の社会は、あちらこちらでギシギシ音を立て、変容してきている。その音は日増しに大きくなっている。一方、「おかしいこと」を「おかしい」と言っても、摩擦が生じ、ギシギシ音がする。西京寺はその音の一つだ。たまたま音を出す場所が外務省だった。彼の心にはあるべき外務省員の姿がある。しかし、それを貫こうとする時、摩擦が起こる。

強力な相手に対峙する中で異なった意見を発することに意義があるか――彼は自らの生き方そのものを問うことになる。その模索の旅がこの物語のテーマである。

そして話は少し遡り、二〇一二年二月から始まる。

第一章　鳩山元首相への人物破壊

衆議院第一議員会館会議室

二〇一二年二月、民主党「リベラルの会」は、西京寺大介を衆議院第一議員会館の会議室に招き、イラン情勢の説明を求めた。

民主党「リベラルの会」は二〇〇四年に結成された団体で、当時四〇名を超える会員を集めた。鳩山由紀夫元首相とも近い関係にある。

主催者の近藤昭一議員が挨拶した。

「今、イラン情勢が大変に緊迫しています。現状を簡単に西京寺中東アフリカ局第二課首席事務官に説明していただこうと思います。では西京寺さん、よろしくお願いします」

近藤昭一議員は上智大学法学部法律学科の卒業である。大学時代には、中国北京語言大学へ留学している。そして卒業後、中日新聞社に入社した。

そんな経歴であるから国際関係に大変関心が高い。

優しい人柄であるし、新聞社勤務を経験してきているからか、外務省員に対しても変な威張り方はせず、外務省など霞が関の若手と時々一緒になって議論する。西京寺もこのメンバーに入っていて、月一回ぐらいは近藤議員に会う。

ある日、近藤議員から「イラン情勢がとてもきな臭くなっているんだけれど、どうなっているの？　私は〝リベラルの会〟の代表世話人ですが、会の連中がイランについて聞きたいと言ってきています。ちょっと説明していただけない？」と電話があった。

西京寺のいる中東アフリカ局第二課は、サウジやイランなどの湾岸諸国を担当するところである。

イラン情勢が緊迫してから、西京寺はいろんな所から説明を求められていた。官庁では経済産業省、財務省から依頼が来た。経済界からも来た。だから説明は手馴れている。

外務省は省員による省外への説明には鷹揚《おうよう》である。むしろ、「どんどん説明に出かけてほしい」という雰囲気がある。

西京寺はぐるっと部屋を見渡した。

テレビで見る顔が何人も見られた。

平岡秀夫（二〇一一年九月二日〜二〇一二年一月十三日の法務大臣）、斎藤勁らの顔が見えた。斎藤は内閣官房副長官で多忙だが、「リベラルの会」の会合はできるだけ出席するようにしていた。

西京寺は説明を始めた。

「今イラン情勢は大変に緊迫しています。どこまで緊迫しているか。それは米国国防長官の発言を見ていただければよいと思います。今年二月二日、ワシントン・ポスト紙は『パネッタ米国国防長官が〝イスラエルが今年四～六月にも核施設攻撃を実施する可能性が高い〟と分析している』と報じているのです。BBCやCNNもイランへの武力攻撃の可能性を論じています。

これに対してイランも黙っていません。イランは『米国やイスラエルが攻撃すれば、ホルムズ海峡を封鎖する』と脅しています。ホルムズ海峡が封鎖されれば、日本経済は深刻な影響を受けます。日本が輸入する原油の八割以上、天然ガスの約二割がホルムズ海峡を経由している。日本の経済は麻痺状態に陥ります。

そういう意味では、日本としては、軍事紛争が起こらないようにすることが、国益上極めて重要です。

ここでなぜ今、戦争になるような雰囲気になっているのでしょうか。大きく言って三つあります。

第一に、イランが核兵器を製造する準備を着々と進めています。

第二に、イスラエルはイランに絶対核兵器を持たせたくないとしています。そのためには軍事攻撃をしてもいいと思っています。攻撃するならできるだけ早くしたいとしています。

第三に、米国の事情です。大統領選挙の年は、候補者はイスラエルの揺さぶりに弱いのです。選挙に勝つには、ユダヤ人の組織と資金を得ることが不可欠です。ユダヤ人を敵に回しては勝てません。したがって、イスラエルにとっては大統領選挙の年やその前の年こそ、自国の要求を突き付ける絶好の機会なのです。

見てください。予備選挙では、共和党の候補者も、民主党の候補者も皆、ＡＩＰＡＣ（アメリカ・イスラエル公共問題委員会）年次総会に出て、『自分がいかにイスラエルの安全のために働くか』を競い合った演説をしています。

イスラエルはイランの宗教指導体制に大きな不安を持ち、この体制崩壊を安全保障上の最優先と位置付けています。今年、イスラエルは自らがイラン攻撃をし、なんとしても米国をこの戦争に引き込もうとしています」

西京寺の説明が終わるや、近藤議員が立ち上がった。

「じゃあ、私から質問します。今あなたは、『もし戦争が起こったら、日本が輸入する原油の八割以上、天然ガスの約二割がホルムズ海峡を経由しているので、日本の経済は麻痺状態に陥ります』とおっしゃった。日本には大変な危機が来るわけですね。これを回避するのに、日本は独自にイランと交渉しているのですか？」

西京寺は苦しそうに答えた。

「していません」

近藤議員の追及が続く。

「なぜ、しないのですか？」

「正確に言えば米国が望んでいないのです」

「なぜ、米国は望んでいないのですか？」

「米国、中国、ロシア、英国、フランス、それにドイツがイランと交渉しており、『他の国は余計なことはするな』というのが米国の本音です」

「戦争になれば、最も被害を受けるのが日本なのに、日本は他の国に解決を委ねるのですか？」

「残念ながら、それが日本の現状です」

西京寺は言おうか言わないでおこうか大分迷った。そして言った。

「首相、外務大臣は皆さんの党から出ています。このお二人の方針が『日本は何もしないでおこう』なのです」

米国大使公邸

イラン問題は米国大使公邸を舞台に新たな展開を見せた。そして、それは西京寺にどう生きていくかの選択を迫ることとなる。

戦後、数々の写真が日本の政治の姿をうつし出してきた。

昭和三十四年四月十日、皇太子殿下と美智子妃のご成婚パレードがある。美智子妃が馬車から手を振る姿は日本の明るい未来を象徴する写真だった。

昭和三十九年十月十日、東京オリンピックの入場行進は日本が国際社会の仲間入りを果たしたことを示した。

昭和三十五年十月十二日、山口二矢《おとや》が、日比谷公会堂で演説中の浅沼稲次郎を刺殺する瞬間、戦後日本は暴力と決別したと思ったのに、テロが消滅していないことを見せつけられた。

さまざまな写真が人々の感情を揺さぶってきた。

こうした写真の中でも、昭和二十年九月二十七日、昭和天皇とマッカーサー連合国軍最高司令官が並んで立つ姿は、人々に最も衝撃を与えたことであろう。

マッカーサーはノーネクタイでゆったりと腰に手を当てている。他方、昭和天皇はモーニング姿で、直立不動である。

両名の写真は、「誰が日本を統治しているか」を国民に示した。

日本はすでに、昭和二十年九月二日、降伏文書で「天皇及日本國政府ノ國家統治ノ権限ハ〈中略〉聯合國最高司令官ノ制限ノ下ニ置カルルモノトス」と約束している。

マッカーサーは「軍事占領というものは、どうしても一方が奴隷になり、他方はその主人の役を演じ始めるものだ」と発言しているが、マッカーサーはまさに主人の役を演じ始めた。

マッカーサーと昭和天皇の会談が行われた場所が米国大使公邸である。

米国大使公邸はホテルオークラの前に位置し、高さ三メートルぐらいの白い塀を巡らせている。鉄の門が開かれると目の前が庭で、この奥に公邸がある。鉄筋コンクリート造り、瀟洒《しょうしゃ》なコロニアル風二階建てだ。

この地はもともと、伊藤博文の養子、伊藤博邦公爵〈宮内省式部長官等歴任〉邸であった。それを米国が十一万五千ドルで購入した。この建物は関東大震災で消滅し、その後、米国人マゴニグルの設計で今の建物が建設された。

米国は大使館など世界に数々の不動産を所有している。その中の重要なもの二〇カ所を文化遺産に指定している。パリのサントノーレ通りに位置し、一時期ロスチャイルド家の邸宅でもあった米国大使公邸や東京の公邸も含まれている。

二〇一二年二月、鳩山由紀夫元首相はここを訪れた。鳩山事務所はここから歩いて数分の所にある。ホテルオークラや米国大使公邸の周辺は贅沢なマンションが集まっている。道路が整備され、街路樹が並び、東京で最も洗練された町並みである。このあたりの散歩は心地よい。それで鳩山は歩いて米国大使公邸に出向いた。

彼はルース大使とは昵懇《じっこん》の仲である。

鳩山は、東大卒業後、スタンフォード大学に留学し、博士課程でオペレーションズ・リサーチを専攻し、博士号を取得している。一方、ルース大使もスタンフォード大学を卒業後、ロー・スクールを修了し博士号を取得している。つまり二人はスタンフォード大学の同窓生である。

鳩山にとって、今回の訪問は気が重い。話の内容は決して米国が歓迎するものではないからだ。

彼はイラン訪問を決めていた。米国はこれを歓迎していない。阻止したかった。もちろん、彼もそれを感じ取っていた。しかし、「自分の行動が今、求められている。それは日本のため、また世界のためのものだから」という信念があった。

この危機の中、日本政府は何をしていたか。

何もしていない。イランとの交渉は「西側諸国にお任せします」と言うだけである。

経済に致命的打撃を受ける可能性を持つ日本がイラン側と意見交換をするのは、考えてみれば当然の選択である。

政府はその当然の選択をしていない。だったら、誰かが独自でイランと交渉していいはずである。こうした中、鳩山は、日本が自らイラン側と接触するという動きに出た。

実はこの動きは彼の単独行動ではない。後に「二重外交」と非難されるが実態は違う。彼は事前に野田佳彦首相に説明している。首相は「結構です。大いに頑張ってください」と励ましている。こんなことは国民は知らない。

民主党の輿石東幹事長にも相談している。幹事長は「もし何か問題があったら、幹事長が責任を取るから、頑張って行ってこい」と言っている。こんなことも国民は知らない。

後に鳩山は二人に梯子を外されることとなる。

彼は米国大使公邸を訪れると、すぐに、ルース大使に「イランを訪問する予定である」と自分の意図を告げた。

ルース大使は日頃は極めて人当たりのよい人だ。会った人は皆「ルース大使っていい人じゃない」と言う。

しかし、この日は違った。彼は「イランを訪問する予定である」という鳩山の言葉に、当惑した表情になった。

「あなたのイラン訪問はまずいんじゃないか。米国本国に尋ねてみる」

日を改めて、鳩山は再びルース大使を訪問した。

この日、ルース大使の表情には、余裕が全くなかった。緊迫した表情を崩さない。

本国政府からの指示は、ルース大使が予想したよりも厳しいものだった。

「日米関係を悪化させることだから、絶対に行ってほしくない」

米国政府は「絶対に行ってほしくない」という言葉で鳩山に圧力をかけてきたのだ。

この返事は鳩山にとっても意外だった。表現が予想以上に厳しい。

ただ、ここで引き下がるわけにはいかない。

彼はゆっくりと説明をした。

「私がしようとすることが、なぜ、日米関係を悪化させることになるのか理解できません。イランをめぐって一触即発的な状況にあります。これを改善するために、私がイランを訪問して会談しようとしているのです。これはむしろ米国に対して協力的な行動だと確信しています。米国が戦争を望んでいないのなら、私のイラン行きに理解を示すべきだと思います」

ルース大使は、鳩山の「米国が戦争を望んでいないのなら、私のイラン行きに理解を示すべきだ」という言葉には反論できなかった。

イスラエルはイラン攻撃を仄めかしていた。

米国国内にもイスラエルとともにイランを攻撃すべきと主張する人がいた。「戦争を望んでいない」という考えで米国政府が統一されているわけではない。知ってか知らずか、鳩山は米国にとって最も痛い所を突いていた。

外務省・次官室（1）

鳩山が帰るや、米国大使館はすぐに外務省に連絡をした。電話は米国大使館の政務担当書記官から中東アフリカ局第二課首席事務官の西京寺にかかってきた。

米国大使館政務担当書記官が早口で述べた。

「鳩山氏のイラン訪問の件で政務担当スミス公使が至急協議したい」

西京寺はすぐに局長室に飛び込んだ。

輪島局長は「分かった」と言うとすぐ「局長付」（局長の日程などを管理する事務官）を呼んで、「局内の会議をずらすよう連絡してくれ」と頼んだ。

西京寺が米国大使館政務担当書記官に「いつでもどうぞ」と応えると、政務担当書記官はまさにこの返事を予測していたように、「ではスミス公使がこれからすぐ局長の所に行きます」と返事をした。

駐日米国大使はモンデール元副大統領等、伝統的に政治任命が多い。したがって日米間の懸案は大体、政務担当の公使がとりしきる。

駐日大使館公使は国務省の中でも優秀な人物が指名されることが多い。かつてこのポストにクリストファー・ラフルアーが就いていた。宮澤喜一元首相の娘婿である。ラフルアーは駐日大使館公使を経て、東アジアを統括する国務次官補になった。小柄な、しかし愛くるしいタレント、ラフルアー宮澤エマの父である。

スミス公使は輪島中東アフリカ局長を訪れて厳しく申し入れを行った。

「鳩山氏のイラン訪問は絶対実施してほしくない」

輪島はこの依頼を予想しており、西京寺に指示した。

「西京寺君。すぐにまとめて関係者に送っておいてくれ」

会談が終わるやいなや、西京寺はこの会談内容をまとめ、コピーを次官、総合外交政策局長、北米局長に送付した。「なぜ、俺の所に情報を回さなかったのか」と言われることが、省内で叱責される最も深刻な過失だからである。

スミス公使は、輪島中東アフリカ局長を訪れた後、念のため石川北米局長を訪れた。彼にも「鳩山氏のイラン訪問は絶対実施してほしくない」と伝えておいた。北米局長に、「中東アフリカ局の動きをしっかり監視しておくように」と釘を刺したのである。

三月一日、外務次官室で、スミス公使の申し入れを受けて、鳩山元首相のイラン訪問について協議が行われた。

西京寺は、輪島局長と福井中東アフリカ局第二課長の後ろについて次官室に入った。部屋の入り口の脇に大きなテーブルが備え付けてある。廊下側のほぼ中央に輪島局長が座り、その横に福井課長が座った。輪島の前に次官が座ることになる。彼らの後ろに一列に椅子だけならんでいる。ここに首席事務官クラスが座る。西京寺は輪島の後ろに座った。輪島が「あの資料」と言った時にすぐ出せるよう、資料を抱え込んでいる。

外務次官室は、外務省の正面玄関がある建物の四階にある。大臣室のほぼ隣に位置する。ここが日本外交の中枢部である。ここで主要な外交課題が決定されてきた。

次官室での協議では、記録は一切取らない。したがって歴史家が、どのような議論を経て決定されたかを知ろうと思っても、証拠はどこにもない。出席者の記憶の中にしかない。後世のため記録を残すという発想はないのだ。万が一討議の模様が漏れて騒動を起こすと大変になる。漏洩を防ぐことが、歴史の検証に供すること、将来の政策決定の参考にすることよりはるかに重要なのである。

金沢総合外交政策局長、石川北米局長、坂本国際情報統括官ら、続々と他の出席者が入ってきた。この件は元首相が関係していて、場合によれば、国会の運営に影響が出る。それで、国会担当審議官も加わった。各局の首席事務官クラスも書類を持って、後ろの椅子に座っている。

総合外交政策局長は筆頭局長である。すべての重要な政策協議に参加する。

外務省では、米国の大学で研修し、在米国大使館で勤務したことのある人々を俗称「アメリカ・スクール」と呼ぶ。米国との関係を最重視する人々だ。

総合外交政策局長は、歴代、「アメリカ・スクール」で占められてきた。北米局長も同様だ。だから重要な案件に関しては、米国との関係を維持するという視点を守る人間が常に二名、会議に参加することとなる。次官もまた「アメリカ・スクール」で占められるので、重要案件の協議には、「米国との関係を維持する」「米国に追随する」、この方針でガードする者が合計三名いることとなる。

一九九〇年代初め、日米通商摩擦が厳しい折、首相の下で協議が持たれた。その時、通産官僚が「いかに国益を守るか」をとうとうと述べた。同席していた外務官僚が「そんなことしても、米国は喜びません」と言い切った。出席した各省の局長連はこの台詞に唖然としたが、「そんなことしても、米国は喜びません」は今や外務省全体、日本政府全体の判断基準になってしまった。もちろん、「そんなことしても、米国は喜びません」と言い切った外務官僚は、後に、次官、駐米大使になっていった。

輪島中東アフリカ局長が鳩山元首相のイラン訪問の日程を説明した。

富山次官がすぐに「鳩山氏から説明があったか？」と質問を飛ばした。

「何もありません」。輪島は即答する。そして、「米国側から『鳩山氏のイラン訪問は絶対実施してほしくない』と言ってきている」と急いで説明した。

富山はすぐに石動総理秘書官に電話をした。

歴代、総理秘書官の一人は必ず外務省からの出向者が占める。

「鳩山氏はイラン訪問を総理に説明しているのか？」

富山は石動の説明をじっと聞いていた。

しばらくして全員に告げた。

「鳩山氏が数日前、野田首相を訪れた。何を話したかは石動君も知らないようだ」

金沢総合外交政策局長が、「首相が了解していて、今までなんの指示もないということは、鳩山氏のイラン訪問をやめさせることはできないということだな」と口を挟んだ。

富山は輪島を見る。

「どうするのか?」

輪島は、困った様子で答えた。

「元総理が訪問するのに大使館が放っておくわけにもいかないでしょう。在イラン大使館の公使を同席させようかと思っています」

間髪をいれずに石川北米局長が割り込んできた。

「それは駄目だ。米国は『鳩山氏のイラン訪問は絶対実施してほしくない』と言っている。ルース大使は『これは日米関係を悪化させる』とも言っている。外務省はなんら関与すべきでない」

輪島は、自分の仕事だから仕方なく言っておきますがという口調で反論する。

「鳩山氏がアフマディネジャド大統領と会えば国際的には大ニュースです。中東問題では我々は常に一方的に西側から情報をもらっているばかりです。在イラン大使館の公使が同行して、アフマディネジャド大統領が何を考えているか、その内容を西側に伝えれば、感謝されます。西側の首脳で最近、アフマディネジャド大統領と会っている人はほとんど誰もいません」

石川は軽蔑する口調で述べた。

「米国が駄目だと言っているのだ。鳩山氏は首相を辞めた一私人だ。一私人の動向で、日米関係を悪くするわけにいかない」

金沢は当然という顔をしている。

富山次官も「しょうがないか」という顔をしている。

「外務省は一切かかわらない」ということで、なんとなくの合意が成立した。

次官室の会議は各局長がテーブルに座る。よほど大人数の会議でない限り、課長もそこに座る。そしてテーブルの後ろに首席事務官が傍聴する形で座っている。座席は指定しない。その日の議題に応じて、関係する度合いが強いと感ずる者が自然と中央の場に座る。

西京寺は会議を傍聴しながら考えていた。

イラン問題を協議すると、結局、最後には「それは、米国が望んでいない」というひとことで、これまで、ほぼすべての積極的方策は潰されてきた。「米国が望んでいない」はすべての案件を論ずる時の切り札である。

アザデガン油田開発も同じである。

二〇一〇年十月に経済産業省と国際石油開発帝石（ＩＮＰＥＸ）がアザデガン油田開発から撤退することを決めた。米国の圧力による。

アザデガン石油鉱区は二〇〇〇年、イランのハタミ大統領が来日した際に、日本政府とイラン側が開発交渉を進めることで合意したものである。日本は独自に油田を開発する権益をどこにも持たない状況にあった。だから、エネルギーの安定供給を求める通産省（当時）はこの権益の確保に喜んだ。

しかし、米国が日本に対して、アザデガン油田の権益を放棄するよう執拗に求めた。チェイニー副大統領も先頭に立って、日本に圧力をかけた。チェイニーはイランとの油田開発に関与した日本の者を、イラン関係から外させる圧力までかけている。そんな形で、独自路線を歩もうとする者は切られてきた。

日本は次第に米国の圧力に屈して、権益の比率を下げた。そして、二〇一〇年、全面撤退を決めた。

なんと、その権益は今や中国の国有企業CNPC（中国石油集団）が取っている。日本が撤退することでイランの石油開発が止まるのであれば、それは一つの論理であり、米国にとって合理的であろう。しかし、中国がその権益を取り開発が進むのであれば、これは日本いじめ以外の何ものでもない。

日本は「同盟国をいじめて、結局は敵国である中国に利する政策をなぜ行うのか」という反論をしただろうか。できない。唯々諾々と米国の指示に従った。

過去、日本はイランを重視してきた。イランもまた日本に強い親近感を持っている。しかし、この財産は極度の対米従属政策で次々と崩れ去っている。

そして今また、独自路線を模索する鳩山のイラン訪問に、外務省は関知しない方針を固めようとしている。

西京寺はたまらなくなって、手を挙げた。

「ちょっと発言させてください」

皆、怪訝な顔をしている。誰も「どうぞ」とは言わない。

西京寺は皆の反応を無視して発言を始めた。

「今、イランをめぐり軍事紛争が起ころうとしています。軍事紛争が起こったら、ホルムズ海峡が封鎖される可能性も高いのです。封鎖されて一番困るのはどこですか。日本です。

だったら、イランと最も真剣に交渉し、意見交換をすべきなのは日本です。しかし、今イランと交渉しているのは安保理常任理事国五カ国とドイツです。ドイツが交渉に参加していて、なぜ日本が入れないのですか。もし日本が協議の枠内に入れないなら、独自に接触してもいいじゃないですか。

私たちがイランと最も深い関係を持ってきたのです。アフマディネジャド大統領はこれまで西側の人とほとんど会ってきていないが、鳩山さんが行けば会うと言っているのです。鳩山さんがイラン側と会って損害を出すことはない。それなのに、米国が言ってきたからといって、なぜ、独自の道を模索できないのですか」

皆、当惑した表情をしている。

石川北米局長の声がした。

「西京寺君、君ね。発言十年早いんだよ。まあ課長にでもなってから、ここに出てきて、その時発言したらどうかね」

しばし、沈黙が続いた。

富山次官が全員の顔を見渡しながら「じゃあ、また協議することにするか」と発言して解散した。

西京寺はどうすることもできなかった。黙って、輪島局長の後に付いて次官室を出た。

会議では自分の論点に対してなんの議論も起きなかった。「君ね。発言十年早いんだよ」と言われただけで終わってしまった。

「発言十年早いんだよ」はそのとおりだ。

次官室の会議で、首席事務官にすぎない自分が発言するのは不規則発言だ。課長以下は次官室の会議で発言の資格はない。これは暗黙の了解である。ルール違反と言われても仕方がない。

「若造が」と叩きのめされた。惨敗である。

外務省・中東アフリカ局第二課

西京寺は窓にじっと視線を送っている。もちろん、外に何かがあるわけではない。

西京寺の机は窓側の中央に、課内全体を見渡せるように配置されている。福井課長の机は左奥、誰からも邪魔されないように距離をおいて配置されている。

課長はどこへ行ったのか、姿が見えない。

西京寺が窓を見やっている姿を、中東アフリカ局第二課の誰もが極力見ないようにしている。皆、西京寺がなぜじっと窓を見やっているか、なぜ呆然としているか知っていた。今日も一敗地に塗れて帰ってきたのだ。

イラン問題が省内で協議されると、いつも西京寺は負けて帰ってくる。常に次の議論が勝つ。

「米国の政策は君の主張とは違う。米国と異なる政策をとる必要はない。日米関係を悪くしてどうするつもりだ」

西京寺は、今、三十五歳だ。外務省に入って十四年目になる。

「若造が」という言葉が頭の中でぐるぐる回る。

「次官室での発言はよかったのだろうか」

発言した内容には自信があった。

「石川北米局長が言った『発言十年早いんだよ』という言葉は正しかった。自分は次官会議のメンバーではない。単なるお付きとして重要な政策の討議の場に居合わせただけなのだ」

西京寺には「だが」という気持ちがある。

「だが、自分が発言しなければ誰も発言しない。自分が発言しなければ、自分の主張する論点で誰も問題提起をしない。それでいいのだろうか。

たとえ僭越《せんえつ》だと言われようと、自分の信ずる方向と違う方向に事態が動いている時に、それを指摘するのは外務省員としての責務ではないか。それくらいは許されていいのではないか」

考えがぐるぐる回る。

西京寺は疲れを感じて「今日は早く帰ろうか」とも思う。しかし、首席事務官はそれもままならない。各課員が六時以降に自分に与えられた仕事を仕上げて、西京寺の所に持ってくる。首席事務官は、上司にそれぞれの結果を報告できるようまとめなければならない。それが首席事務官に期待される任務である。

夜九時、西京寺の携帯が鳴った。同期の小松奈緒子からだ。同期二〇名の中で唯一の女性である。

西京寺は外務省の試験を受ける時に、六名の法学部の仲間で勉強会をつくった。

外務省の定員は二〇名くらいだ。六名全員入ったとしても、枠にはまだまだ余裕がある。お互いに牽制するより、「どんな試験問題が出そうか」「どんな回答が望ましいか」「外務省はどんな学生が望ましいと思っているか」、これらを意見交換し、お互いに刺激し合う方が有利だ、ということで六名が集まった。

結局、合格したのは、小松と西京寺と、今、韓国に勤務している七尾の三名だ。

三名は外交官試験を一緒に戦った同志という思いがある。試験は相手を蹴落とす過程である。その中で励まし合って一緒に頑張った。だから連帯感が強い。「試験はふるい落としだ。その試験の時でさえ、お互いに刺激し合ってきた。外務省に入ってからも助け合っていこうじゃないか」という、言葉にはしないが固い絆がある。

小松は今、報道課首席だ。

外務省には大勢の新聞記者が詰めていて、「霞クラブ」をつくっている。新聞が何を書くかは外務省にとって極めて重要だ。「外務省はよくやっている」と書けば世論になる。「外務省はひどい」と書けば国民はそう思う。外務省の評価は報道機関の書きように依存する。だから、報道課の役割は極めて大きい。昔から報道課長やその首席事務官には精鋭が送り込まれている。ポストでいえば、小松と西京寺と七尾の三名の中では小松が最も輝いていた。

彼女の身長は一六三センチで、スタイルに気を使っているからほっそりしている。中島みゆきに似ている。若手記者には圧倒的な人気があった。

その若手記者らと一緒にカラオケにしばしば行く。彼女の持ち歌は、もともと、五輪真弓の

「恋人よ」だった。ただ、若手記者から「小松さん、中島みゆきに似ているよ。中島みゆきの歌を歌って」と言われるので、最近は中島みゆきの歌をよく歌う。
ララバイ　ひとりで　眠れない夜は
ララバイ　あたしを　たずねておいで
ララバイ　ひとりで　泣いてちゃみじめよ
ララバイ　今夜は　どこからかけてるの
　　　　　春は菜の花　秋には桔梗
　　　　　そしてあたしは　いつも夜咲く　アザミ　（「アザミ嬢のララバイ」）

小松が、「ララバイ　ひとりで　泣いてちゃみじめよ」と歌う時、彼女に何か今までの過去がどっと押し寄せてきているような、そんな気配がする。

一緒にカラオケに行く若手記者には、親しい人が多い。だから彼らは「こんなことあるよ」と小松によく教えてくれる。

「大介君。あなた、石川北米局長に叱られたんですって？　『発言十年早いんだよ』と言われたらしいって聞いたけど……」

西京寺はびっくりした。

「なんでそんなこと、奈緒子さんが知ってるんだ？」

「石川局長がね、夜回りで記者に言ったんですって」

霞クラブと外務省には約束事がある。「日中、仕事の時間帯は取材で職員の所に行かないこと、しかし六時を過ぎれば、局長や課長を直接訪問しても構わない」となっている。

米国は外交の要だ。六時にもなると、各社の記者が石川局長の部屋に押し掛ける。記者が大勢いる時には石川は決して重要なことは話さない。近しい記者と一対一の時にこっそり話す。だから多くの記者が局長の所に詰める六時以降の時間帯には、当たり障りのないことを話す。それでも、各社の若手記者は特オチが起こらないかと心配で詰めかける。

「で、石川局長は、記者になんて言ったの？」

「あなただから言うけど、相当ひどく言われたようよ。記者が教えてくれたんだけど……、むくれないで聞いてね。

『局長、今日、次官の所で会議があったらしいですね、何を討議したんですか？』

『イラン問題だよ』

『で、どんな内容でした？』

『中東アフリカ局長が、鳩山氏がイラン訪問することを報告した』

『で、外務省は何かするのですか？』

『何もしない。鳩山氏は今や私人だ。〝私人が行くのに外務省がどうこうする必要はない〟と言っておいた。でも、会議の席上、中東アフリカ第二課の若い奴が自主外交とか青臭いことを言ってるから、僕の方から〝君、発言は十年早いんだよ〟と言っておいた』

石川局長の話を聞いて、記者たちはみんな愉快そうに笑っていたらしいわよ」

西京寺は愕然とした。新聞記者はもう知っている。

彼らは省内の人事の秘密だと言って、外務省員に話して歩く。人事の話になると、外務省の連中は皆、夢中になって聞き入る。人事の話をして外務省員の関心を呼び、情報を引き出すのは記者の有力な手口である。昔、東京新聞の外務省担当に永野信利がいた。外務省の人事には誰よりも詳しかった。局長などは自分が次官にどう扱われているか、永野から聞きたがった。会えば、永野も各々が抱えている極秘情報の質問をする。一対一の場だから、局長らはぎりぎりのところで回答をする。永野はこれを生かして、名著『外務省研究——日本外交—失態・実態と実績分析』(サイマル出版会、一九七五年)を書いた。

小松はため息をついて西京寺に言った。

「しょうがないわよ。石川局長なら当然よ」

石川が西京寺に「発言十年早いんだよ」と叱責したことがすでに省内を駆け巡っているのだ。

石川には、「若い外交官が自主外交とか青臭いことを言う時には容赦なく切り捨てる」という定評がある。彼はある時、酒の席上で次のように言っていた。

「若い連中が青臭いことを言うのは我慢ができない。『お前ら外務省で働くということがどういうことか、政府で働くということがどういうことか知っているのか』と言いたいんだ。

私だって、若い時には誰よりも青かった。入省した時には『外務省では正しいことを主張すれば認められる』と思っていた。当然だろう。

米国留学が終わって米国研修組はいろんな所に配属された。一番優秀とされた鯖江はワシントンの大使館で大使の秘書になった。氷見はニューヨーク総領事館で働いた。私はシアトルの総領事館に行った。シアトルという所は外務省的に言えば、そんなに重要な所ではない。なぜ自分はシアトルに配属されるのかと思った。それでも一所懸命に頑張った。

ところが、総領事はどうしようもない人だった。全く働く意欲がない。ノンキャリアで無難に無難に勤めて駐シアトル総領事になった。今さら自分で考えて動こうという気はさらさらない。『本省の命ずることだけ、目立たずに実施すればいい』という人だった。彼は、外務省の中で、自分の意見で頑張って、他と衝突して消えていった人を多く見てきている。『命じられたことだけ、目立たずに実施すればいい』は、外務省を長年見てきた処世術だったのだ。それで生き残ってきた。

館内が次第に反総領事になった。私が唯一のキャリア組だったから、皆、私なら少しは信頼できると思って私の方に集まってきた。亀裂が大きくなって、とうとう本省から調査に来た。実態を見れば総領事に働く意欲が全くないことは分かるはずだった。そして私以下がどんなに熱心に仕事をしているかも分かるはずだった。館員が私を支持していることも分かるはずだった。それでどうなったか。

総領事はお咎めなし。私は即刻、在ナイジェリア大使館に飛ばされた。治安最悪と言われたナイジェリアだよ。それにマラリアがある。抗マラリア薬を常に飲んでいたから、結局肝臓を痛めた。今も引きずっている。正義を貫く代償が肝臓障害だよ。

『外務省ってそういうものか』『正しいことを主張し実行すれば評価されるという組織ではないのか』『どんな人物であろうと上司の意見に従う、上司の考え方を自分が感じ取って主張する、それが外務省の生き方だ』と悟った。まあ、シアトル総領事のおかげで、私は同期の誰よりも外務省ってものを知った。それからは、『上司の意見に従う』、これが私の外務省人生だ。

ついでに言えば『米国の意見に従う』だ。

世界で最も強いのは米国だ。そこにたてついてどうなる。潰されるだけだよ。戦後の日本の歴史を見てみろ。かっこよく自主派なんて言った人はすべて潰されている。他方、米国にべったりの人は長く首相を続けている。これだけ明白な証拠があるのに、なぜ自主派なんてカッコつけるんだ。

私は誰よりも米国追随派になる。私のこの生き方が正しかったことは、私が今、北米局長をしていることで分かるじゃないか。スタートは鯖江がワシントンの大使秘書、氷見はニューヨーク総領事館で働いた。私はシアトル総領事館だったんだよ。

だから、若い連中が、上司が何を考えるか推測もしないで話をしているのを見ると、我慢できなくなる。『なんだお前ら。外務省を何も知らないでしゃべるな』と言いたいよ。組織で生きていくんだから、組織の掟を知って、もっと、自分を大事にしろと言いたいんだ」

実は石川局長が自信を持って言うのには理由があった。

外務省に坂本重太郎という人物がいた。一九八一年には官房総務課長の職にあった。霞が関では官房総務課長は出世コースの本流である。坂本重太郎は出世コースを驀進《ばくしん》していた。彼はもともとスペイン語を研修していたので、一時、中南米局長だったこともある。ここで何があったか、本人が語ったものを見るのが一番いい。

一九八八年に（外務本省に）戻ってきた。九〇年まで局長、局長時代に、これは残念なことだが、いまだに腹の虫が収まらないのは、パナマ事件ですね。

パナマに米国兵が二万数千人、いきなり夜襲をかけた。猛爆をかけた。猛爆の猛に、盲目の盲ですね。

軍司令部を爆撃し、アムネスティによると、四、五千人のパナマ人が殺された。米国の発表では六百人ぐらい。

とにかくノリエガ将軍を逮捕するために、ある日、爆撃して米国に連れていった。

その理由はノリエガが麻薬をやっていること、民主的でない独裁者だ、ということの二つの理由でした。

中南米諸国は全部、猛反対ですよね。

僕は、日本も反対すべきだ、と。〔中略〕

パナマ攻撃は、米国は事前に通報する気持ちはまったくない。

そして、人権と民主主義のためには内政干渉していいんだ、軍事介入していいんだ、プラス麻薬だったらいいんだ。その麻薬も結局、米国人が吸っているわけですよ。

そっちはほっておいてですよ、何千人もの人を殺して、これでは国際法もなにもあったものでない。

それなのに全面支持ですよ。

あの時一億円の金があったら外務省を辞めましたね。

内情を全部暴露して、こんなことがあっていいのかと言いたいくらいだった。

当時の次官〔栗山氏〕と何度喧嘩したことか。

「それでいいんですか、日本の外交。筋が合うんですか」と。

当時の国連大使だって、せめて棄権に回ってくれといっても、国連決議に賛成にいくんだから。

残念だったね。

その理由はね。この大切な日米関係をパナマ事件ごときで損なってはいかんということだった。

そんなことをいったら、日本外交というのは何もできないよ。

悔しくて悔しくてしょうがない。

局長が終わったら、中南米だったらメキシコとかブラジルの大使になるのに、一度も局長経験者が行ったことのないベネズエラに出される。

本当に菅原道真の心境ですよ。

残念だったね。

意見の対立でこういう人事をやってはいかんと、いまだにそう思っているし、あの外務省の政策は間違いだと思っている。

筋を通す時には筋を通さないと、米国に馬鹿にされる。

事実、中南米との関係は悪くなった。

「日本はなんでそこまで米国に遠慮するのか」と。

外務省で最大の悲しい事といったらこれです。


（『新手一生』）


この「坂本事件」は外務省に大きな影響を与えた。

ここから外務省に二つの不文律ができた。

第一に「日米関係を〇〇国ごときで損なってはいかん」。「〇〇国」にはほぼすべての国が入る。

第二に「第一の不文律を破る者は左遷する」

皆、「坂本事件」に学んだ。これが外務省員の賢さというものである。

ホテルオークラ「オーキッドルーム」

ホテルオークラは米国大使館の前にある。

米国大使館員は社交の場として、ホテルオークラをしばしば使う。大使館を訪れる米国のＶＩＰはここを宿泊施設に使う。まるで米国大使館別邸のような存在だ。

四月二日、石川北米局長はホテルオークラのレストラン「オーキッドルーム」に出向いた。ここでスミス公使と会うためである。

二人が「オーキッドルーム」で朝食をとりながら打ち合わせをするのは、今や慣例化している。ここのフレンチトーストは丸一日じっくりとパンを浸け込むというのが自慢で、石川局長は大体これを注文する。

今回は鳩山元首相のイラン訪問についての意見交換だ。

石川はスミスに「外務省としては、鳩山元首相のイラン訪問は元首相の訪問としてでない、単なる一個人の訪問として扱う。この方針は次官の主催する会議で決定した」と伝えた。

スミスは「本当は鳩山氏のイラン訪問自体を止めたかったが仕方がない。外務省が私人として扱う決定をしたことについては感謝する」と述べた。

米国側が鳩山の動きを警戒するのは、昨日今日の問題ではない。

米国の彼に対する警戒心は強く、それは一九九六年にまで遡る。

一九九六年九月、鳩山らは民主党（旧）を立ち上げた。

この時「民主党の基本理念」を打ち出し、そこに「外交の場面でこれまでの過剰な対米依存を脱する」と書き込んだ。

鳩山らは「過剰な対米依存を脱する」と宣言したのだ。

日本を操る米国の人々を「ジャパンハンドラー」と呼ぶ。戦略国際問題研究所（ＣＳＩＳ）アジア・日本部長のマイケル・グリーンは今や「ジャパンハンドラー」の中核的存在だが、一九九六年当時はまだ若造だった。

「民主党の基本理念」が発表されるや、当時ジョンズ・ホプキンス大学客員講師で、しばしば日本を訪問していたグリーンは、慌てて関係者の所を回り、「過剰な対米依存を脱する」が何を意味するかを調べ回った。

米国側は、聞き回った中で、鳩山らの「過剰な対米依存を脱する」が単なる思い付きや票集めのスローガンでないことを知った。理念が本物であることを知った。

それは祖父の鳩山一郎から受け継いできた思想でもある。鳩山一郎は吉田茂首相の対米一辺倒から自主外交に転じた。これと同じなのだ。すなわち、本懐といってもいいだろう。

そうなれば、「ジャパンハンドラー」にとってはかつて鳩山一郎を潰したのと同じように、鳩山由紀夫を潰すしかない。

ではどうやって、鳩山を攻撃するか。

彼の理念はしっかりしている。ここを攻撃しても無理である。

ここから米国の方針が決まった。「人物破壊」である。それはさまざまな形で行われた。

具体例があるから見てみよう。

二〇一〇年四月十四日付ワシントン・ポスト紙が、鳩山首相も会議に参加している核サミットに関して、一人のコラムニストのおふざけ記事を掲載した。その中に「この会議の最大の敗者は、複数の米国政府役人がloopy（頭がおかしい）という鳩山首相である」という記述があった。

米国政府の高官が、ためにする情報操作をしたのである。

すると日本の新聞は全く無批判にそれを転載した。

朝日新聞が「最大の敗者は鳩山首相　核サミット、米紙が皮肉」、読売新聞が「哀れでますますいかれた鳩山首相」、その他、さまざまな大手メディアが「不運で愚か」「変わり者、信頼できない」「迷走続き」「変人ぶりに磨きをかけた」「米紙に〝哀れで頭がおかしい〟ここまで言われる鳩山首相」と報じた。異常である。

鳩山批判はだんだんエスカレートした。ついに「国賊」という言葉が使われるようになる。

二〇一三年一月十七日、産経新聞は「鳩山氏は『国賊』と防衛相」との標題で、次の内容の記事を書いた。

「小野寺五典《いつのり》防衛相は十七日夜、北京で中国要人と会談した鳩山由紀夫元首相が沖縄県・尖閣諸島は日中間の係争地だとの認識を伝えたことについて、『日本にとって大きなマイナスだ。中国はこれで係争があると世界に宣伝し、国際世論を作られてしまう。久しぶりに頭の中に〝国賊〟という言葉がよぎった』と述べ、鳩山氏を痛烈に批判した」

日本国民は元首相に国賊というレッテルを使う異常さに気付いていないのだろうか。

ノンフィクション作家の大家に保阪正康がいる。彼は一九三〇年代と二〇一〇年代の日本が類似してきたという。一九三〇年代、軍部に反対する政治家や言論人を国賊と糾弾した。今その流れが出てきたのである。

スミス公使は石川局長に指示した。

「今回の鳩山氏のイラン訪問は危険だ。彼の意図していることを国民が理解したら、せっかく定着しつつある彼の不人気がひっくり返る。我々も鳩山氏のイラン訪問を批判するように手を打つが、石川局長、あなたも動いてください」

石川はホテルオークラを出ると、すぐに車を議員会館に回し、有力自民党議員の何人かに会い、説明した。

「近く鳩山氏がイランを訪問する。米国大使はこの訪問を『日米関係を悪化させる』と評価しています」

皆、石川の言葉を理解し、「然るべく行動をせよ」という米国のメッセージと受け取った。

石川は外務省に戻ると、さらに、大手新聞社の論説委員、編集委員に電話をし、議員たちに話したのと同じ言葉を伝えた。

彼の情報を受け取った国会議員や新聞社の幹部は、「行動をとれ」というシグナルと受け取っている。「米国の言うことを実施する、それが何よりも今のポストを確実にし、未来のポストにつながっていく」ことを知っているからだ。

石川は今日の動きで国会議員やメディアに「米国はやはり石川局長を頼りにしているんだ」というメッセージを発信できた。それは将来の次官レースにプラスになる。彼は着実にポイントを稼いだ。議員と記者への工作を終えた彼は、首相への工作をどうしようか、しばらく考えた。

野田首相と鳩山元首相は同じ民主党である。つながっているかもしれない。しかし、もし、野田首相が鳩山批判に乗り出してくれれば、米国の自分への評価はますます高まる。

石川は「二人には距離がある」と判断し、石動総理秘書官に直通電話をかけた。

「石動君。石川だ。総理に伝えてくれるか。米国大使は鳩山氏のイラン訪問を『日米関係を悪化させる』と評価している」

産経新聞二〇一二年四月五日付のWEB版は、「鳩山氏のイラン訪問中止要請へ　自民・山本氏『羽交い締めにしてでも……』」の標題で次のように報じた。

「野田佳彦首相は五日午前の参院予算委員会で、鳩山由紀夫元首相が六日からイランを訪問し、アフマディネジャド大統領との会談を予定していることについて『国際協調の立場と整合的でなくてはいけない』と懸念を示した。〔中略〕山本氏は『絶対ろくなことにならない。日本の国益のために羽交い締めにしてでもやめさせてほしい』と訴えた」

鳩山はイラン訪問の前に野田首相に説明している。首相は「結構です。大いに頑張ってください」と励ましていた。野田は元首相で同じ政党の同僚への約束よりも、米国への忠義立てを選択したのだ。

五日夕方、スミス公使が石川局長の携帯に電話してきた。

「野田首相の発言、見たよ。やったね、君。米国は君をますます評価するよ」

石川局長には、この言葉が「米国はあなたを次官にしますよ」というメッセージのように聞こえてしょうがなかった。

「仕事がいくらできても偉くなれない。外務省の奴らはこんな初歩的なことも知らないでいる」

彼は一歩一歩、着実に次官への道を固めつつあった。

イラン・大統領府

鳩山は二〇一二年四月六日から九日まで、イランを訪問した。

王制だったイランは一九七九年二月、国王が激しいデモに遭い、国外に逃亡し、同年四月一日、イスラム共和国の樹立を宣言した。この革命からすでに三十年以上経過していた。

しかしイランの国内は決して安定しない。シャー（王制）時代、西側の生活に慣れ親しんだ国民にはイスラム教に基づいて国家を運営する方針に拒否反応があり、指導者による締め付けと、民主化を期待する国民の間に常に緊張が生じている。

女性の着る物一つにしてもそうだ。女性は外に出る時には髪を布で覆い、ヒジャブという黒い衣装で体を包む。このようにイランの人は自分の家を一歩出れば厳しい規制がある。その反動で、親戚や仲間内でしょっちゅうパーティを開く。イランの休日は金曜日で、その前の日、木曜日の夕時は交通ラッシュになる。パーティに出かける車でごったがえすのだ。パーティになると身にまとった黒いヒジャブを脱ぎ捨てる。

ヒジャブの下には、パリ最新モードの衣装を着けている時が多い。『ヴォーグ』掲載のモードはすぐに、テヘランのアトリエに注文が入る。パリの流行はすぐテヘランのパーティに登場する。日本の一、二シーズン先を行っている。時には胸が半分出る衣装も身に着ける。

こんな人々が黒いヒジャブの着用を強制する政権を好むはずがない。

イランの至る所で武器を持った警備が行われている。イランの情報省では、建物ごとに銃を構えた警備兵が立っている。

大統領府に行くとなると、いくつかの検問を通らねばならない。

鳩山はアフマディネジャド大統領と挨拶を交わした。

ペルシア語はなんとなく柔らかな響きがする。京都弁を聞いているような感じだ。

ここで鳩山は大統領に次のように助言した。

「最高指導者が核兵器を持たないと宣言しているが、あなたも政治的メッセージとして担保することを期待する。信頼関係を醸成するプロセスは重要である。EU3プラス3（英国、フランス、ドイツ、米国、中国、ロシアとの対話の仕組み）では、ぜひ柔軟な対応をお願いしたい」

彼は大統領に「譲歩することがイランの国益になる」と説得した。

アフマディネジャド大統領は熱心に聞いていた。側近は一所懸命に記録を取っている。

イランではハメネイ最高指導者の発言がすべてである。これに逆らう発言は許されない。そういう時に、イランの識者は「どのように自分の見解を伝えるか」に苦心する。その手法の一つに「自分と同じ考えを持つ外国人の発言を紹介する」という形がある。

イラン外務省は鳩山を呼んで、彼の「柔軟になれ」という発言を紹介することで、「柔軟な姿勢を取るべし」という考え方をイランの政治指導者たちに伝達しようとしていたのだ。

アフマディネジャド大統領は鳩山に対して、イラン側の態度を説明した上で、「濃縮施設やウラニウム精製施設、二〇%濃縮施設、ブーシェフル原発など、すべてをお見せする」と述べた。

この時期、イランがどこまで国際社会に施設を見せるかは重大な争点だった。その中でイランは「重要施設のすべてを日本に見せる」と約束した。大変なことである。

いかにイランでの日本の評価が高いかが分かる。

NHKの連続テレビ小説「おしん」はイラン・イラク戦争（一九八〇―八八年）時にも放送され、最高視聴率約九〇％を獲得した。その後、二〇一三年五月からイラン国営テレビ系タマシャ・チャンネルが午後十時の枠で再放送を始め、再びブームになり、六月末の視聴者調査では、「おしん」を好きな番組と答えた人は五八％でトップだった。

また、二〇〇〇年頃、テヘラン市民に対し「最も信頼できる国はどこか」と世論調査した時、日本がトップだった。日本の元首相が「自重しなさい」と説得するのは、世界の誰よりも影響力がある。この後、EU3プラス3との会議では、イランは柔軟に対応した。その結果、戦争の危険が遠のいた。鳩山のイラン訪問は、世界の平和に貢献したととらえることもできるのだ。

鳩山のイラン訪問を冷静に評価すれば、プラスの面が多々あった。

しかし、日本国内では彼の動きを潰したい人々が蠢《うごめ》いている。一つは米国の指令で動く人々だ。鳩山が将来、政治勢力を持つことを依然恐れる人々だ。彼らは鳩山のイラン訪問を激しく攻撃した。

安倍晋三も鳩山への人物破壊に参加

鳩山がイラン訪問するやいなや、彼への「人物破壊」攻撃が始まった。

「人物破壊（character assassination）」とは政敵を倒す手段であり、特定の人間や組織の信頼性を失わせるため、間違っていたり、誇張されたりした情報やすでに厳しい評価の下っている国・組織・人へのつながりの指摘を執拗に行う政治手法である。

米国政治では頻繁に使われる手法で、大統領選挙ではこのネガティブ・キャンペーンが政策広報より幅を利かせる。

日本の政治に詳しく、「人物破壊」に関する著書もあるオランダ出身のジャーナリストのウォルフレンは「人物破壊」について次のように説明する。

「相手がライバルだから、自分にとって厄介な人物だから、あるいは単に敵だからという理由で、狙いを定めた人物の世評を貶める、不快で野蛮なやり方である。人殺しは凶悪犯罪であるが、人物像の破壊もまた、標的とされる人物が命を落とすことはなくとも、その人間を世間から永久に抹殺するという点では人殺しと変わらぬ、いわば殺人の代用方式である」

ウォルフレンはこの手法を、「不快で野蛮なやり方」で「いわば殺人の代用方式である」と厳しく糾弾している。

イラン問題を契機とする鳩山への「人物破壊」には、なんと安倍晋三も参加している。

二〇一二年四月十一日付産経新聞は次の内容の報道をした。

「イラン首脳が鳩山氏に『トラスト・ミー』？　安倍氏がメルマガで『紹介』

自民党の安倍晋三元首相は、十日に配信したメールマガジンで『昨夜、永田町を駆け巡った噂話』として鳩山氏とイラン首脳の会談の様子を『紹介』した。

鳩山由紀夫元首相『核開発に対して国際社会は懸念している』
イラン首脳『私たちは平和利用に限っている』
鳩山元首相『本当か?』
イラン首脳『トラスト・ミー』(笑)」
ここには鳩山・アフマディネジャド会談の内容はどこにも出てこない。
あるのは、鳩山の「人物破壊」を行おうとする試みだ。

衆議院議員会館会議室――鳩山派の集い

マスコミは一斉にイラン訪問を行った鳩山への攻撃を開始した。鳩山派内に動揺が起こった。

四月十一日、鳩山の事務所から元鳩山総理秘書官の土井に電話があった。「外務省で誰か今回のイラン訪問の評価を鳩山グループにしてほしい」

土井はすぐ福井中東アフリカ局第二課長に伝えた。福井課長は西京寺を連れて輪島中東アフリカ局長の部屋に行った。

「鳩山総理秘書官をしていた土井君から、鳩山氏のイラン訪問について外務省がどう考えているか、説明してほしいという依頼がありました。局長、行きますか?」

「外務省は私人のイラン訪問に関与しないというのが省の方針だから、僕が行くというわけにもいかないだろう。君、どうかね」

「私が行ってもやはり外務省の担当課長の発言となるので、ちょっとまずいのではないでしょうか」

「局長の僕が行けば、もっとまずい」

二人はお互いに牽制していた。

どちらも、鳩山グループの所で、「鳩山氏のイラン訪問をどう評価するか」を述べるのはマイナスだと分かっていた。まさか鳩山を前に否定的なことを言えない。肯定的なことを言えば、それはすぐ政界、官界の中を駆け巡る。どう転んでもマイナスだ。

二人は西京寺を見て「どうかね、君」と言った。

西京寺は当惑して、「私じゃ、格が低すぎますよ」と言った。

輪島局長は鳩山事務所に電話した。

「私、中東アフリカ局長の輪島です。今、土井君から連絡いただきました。鳩山先生、無事お帰りになってよろしかったです。早速ご挨拶しなければならないところですが、今、サウジの案件が入っていまして、課長と一緒にバタバタしています。それでちょっと今は出かけられないのですが。一週間後でしたら出かけてご説明いたしたいと思いますが。ええ、明日、明後日となりますとちょっと都合がつかないのです。事務的な話でしたら、首席事務官の西京寺が伺いますが。結構ですか。では具体的な日程は西京寺が詰めますので。鳩山先生にはよろしくお伝えください」

思いがけなく、西京寺は鳩山グループに説明に行くこととなった。

四月十二日、西京寺は衆議院議員会館の会議室に出かけた。一五名ぐらいの国会議員がいた。

時々テレビで見る川内博史鹿児島県選出議員もいた。

西京寺は話し始めた。

「若輩の私がお話しすることになりまして大変恐縮でございます。サウジの要人の来訪で局長、課長が忙殺され、あいにく時間がみつかりません。来週でしたら局長も来られると思いますが、お急ぎということで私が参りました」

出席者を見渡すと、「外務省が鳩山氏を批判するのではないか」と、皆、心配そうな顔をしている。

彼は続けた。

「今回の訪問は、外務省としては私人の訪問と位置付け、公の評価はとらないことになっています。したがって、これから申し上げるのはイランを担当している者の一見解としてお聞きいただけると幸いです」

西京寺は、「鳩山のイラン訪問はなぜ時宜にかなったものであったか、なぜ評価されるべきであるか」を述べた。

鳩山の表情が緩んだ。川内議員の表情も緩んだ。

西京寺は「この説明は決して自分にプラスにならないだろうな」と分かっていた。国会議員間の情報伝達のスピードは驚くほど速い。西京寺が鳩山グループで話したことは、すぐ外務省の国会担当審議官の耳に届く。外務省の中で「誰が話したんだ」となる。「西京寺だ！」「彼は何を言ったのだ！」となる。

西京寺の説明が終わって、鳩山は手を差し出して言った。

「ありがとうございます。西京寺さん、またぜひ来てください」

あまりの丁重な言葉に西京寺は当惑した。

レストラン「アルゴ」

四月十七日、西京寺は突然、坂本国際情報統括官からの電話を受けた。

「西京寺君、私、坂本です。明日、夕食どうですか。大丈夫？　では七時、麹町のレストラン『アルゴ』に来てください」

翌日、西京寺は外務省北口から出て、皇居のお堀沿いに歩き始めた。

桜田門から半蔵門にかけて緩い上り坂になる。夜七時頃、この時間帯は皇居をジョギングする人のラッシュ時にあたる。

若い女がファッショナブルな服装で走っている。つられて若い男も走る。数人のグループが一緒に走っている。ときにペア・ジョギングがある。

西京寺は立ち止まって、お堀の水面を眺めた。

「なぜ、坂本統括官が自分を食事に誘ったのか」

不吉な予感がする。坂本統括官を最後に見たのは三月一日の次官室での会議である。この会議で北米局長に罵倒された。それと無関係ではなさそうだ。

お堀の水面をまた見た。穏やかそのものである。

半蔵門に来て、もう一度お堀を眺めた。

桜田門から霞が関にかけては坂が急で、半蔵門から桜田門の方を見ると、お堀が一望に見渡せる。西京寺も昼休みに皇居一周のジョギングをしている。その時に見える、この場所からの眺めが一番好きだ。

「首都のど真ん中にこんな絶景を持っている国はそうそうないだろう」といつも思う。

なぜ坂本統括官が食事に呼んだのか、「アルゴ」に近づくにつれ、西京寺の不安は増した。

「アルゴ」は旧東条会館の九階にある。ここの写真館は広く知られている。三島由紀夫は自決当日、ここで写真を撮っている。

「アルゴ」の調度品は超モダンの部類に入る。

ウエーターに案内されて席に着く。まだ坂本は来ていない。西京寺は窓側に寄って景色を見下ろした。レストランの下に内堀通りがある。内堀通りとお堀の向こう側に皇居が広がる。天皇陛下が住まわれている吹上御所周辺は鬱蒼とした木々に覆われている。「アルゴ」から見下ろしても、吹上御所は見えない。しかし、わずか三〇〇メートルくらい先にすぎない。江戸時代は、この地域に譜代大名や旗本が住んで警備を固めていた。

ほぼ定刻に、坂本は笑みをたたえて来た。

彼は西京寺に語りかけてきた。

「君はハーバードで僕の後輩だろう。僕もケネディ・スクールで勉強したよ」

西京寺はロシア語を研修した、いわゆる「ロシア・スクール」である。外務省に入ってすぐロシア語を学んだ。二年間ハーバード大学で学び、その後、一年間モスクワ大学で学んだ。

「君の時は誰がハーバード大学で最も評判が高かったかね？　僕の時にはナイだよ」

西京寺は「ハーバードでは、ウォルトが人気ありました」と答えた。

坂本がハーバード大学の話をするために自分を夕食に呼んだのでないことは西京寺も十分に分かっている。

「この間は大変だったね」と坂本が言った。

西京寺はどう応えていいか分からない。

坂本は彼をじっと見据えて切り出した。

「どうだ。僕の所に来て働かないか？」

西京寺は驚かなかった。皇居のお堀沿いを歩いている間に、幾度となくその可能性を考えた。

「そのこと、福井課長は了解していますか？」

坂本がうなずいた。

人事が急に動いたのだ。

「僕の知っていることを話しておこう。次官室の会議の後、石川北米局長は人事課長の所に行った。石川局長は、『米国にとってイラン問題は今、最も重要な外交案件である。米国は、日本が米国の行動を全面的に支持すると考えている。今後、何が突発的に起こるか分からない。その時、中東アフリカ第二課の首席事務官にいちいち青臭い独自路線とやらを掲げられていたのではたまったものでない』と言ったようだ」

石川は先回りしていたのだ。

局長自らが首席事務官の人事にストレートに介入してくるのは意外だった。局長が自分の直接の部下、課長人事に意見を述べるのはありうる。しかし、その一ランク下の、まして他局の首席事務官の人事に介入してくることは通常ありえない。

西京寺はその後、何を話したかほとんど覚えていない。「アルゴ」でどんな料理が出たのかも覚えていない。呆然として、「切られたのだ」という思いだけが駆け巡っていた。

夜十一時、西京寺は小松に電話した。

「切られたよ」

「そうなると思ってた」

「でも早すぎるよ」

「石川局長ならありそうよ」

「でも、福井課長があっさり受けると思わなかった。徹夜で一緒に仕事をしたこともあったんだぜ」

「そりゃ仕方ないわよ。石川局長の意向なら誰でもそのとおりにするはず」

北米局長の石川は将来の有力次官候補である。外務省のすべての者がそう認識している。

西京寺は携帯を持ちながら、「そうなんだ。自分が切られるのは当然なのだ」と納得していた。

「どうしたのよ。急に黙って」

「『切られるのは当然なのだ』と、自分に言い聞かせているところ」

小松は急に優しい口調になった。

「坂本統括官のオファー受けなさいよ。所詮私たち、『植えられた場所で花を咲かせ』しかないのよ」

「植えられた場所で花を咲かせ」か。

二〇〇八年の大統領選挙の際、民主党の指名をめぐりオバマとヒラリー・クリントンが激しく争い、ヒラリーが指名争いに敗れた。そして民主党の一体性を求めるオバマは彼女に国務長官を提示した。ヒラリーにすれば争った相手の下で働くことになる。屈辱である。この時、彼女が述べた言葉が「植えられた場所で花を咲かせ」である。

ヒラリーの経歴を見ると、決して咲く場所を自分で選んでいない。しかし、それぞれの場所で花を咲かせてきた。

西京寺は、これがもっともな言葉であると分かる。しかし、すんなり受け入れるのはなんとなく悔しい思いがした。それでつい言ってみた。

「奈緒子さん。ダンテの『神曲』にこういう言葉があるらしいよ。『地獄の最も暗黒な場所は道徳的危機の時に中立を保っていた（何も発言しなかった）人のために用意されている』」

第二章　国際情報統括官組織への移籍

国際情報統括官室（1）

外務省の国際情報統括官組織は四つの室から構成されている。組織内の総合調整を担当する第一国際情報官室、安全保障を担当する第二国際情報官室、東アジア、東南アジア等を担当する第三国際情報官室、欧州、米州、中東等を担当する第四国際情報官室である。

五月一日、西京寺は第三国際情報官室首席事務官に転出した。

午後三時、坂本統括官が彼を呼んだ。

「どうですか？」と切り出して、西京寺を眺めた。

「君に来てくれと言ったのは同情心ではない。君にここで仕事をしてほしいからだ。私もここで分析課の首席事務官として働いていた。当時はこの組織を国際情報局と呼んでいた。

この組織はいろんな名称を持ってきた。情報に対する外務省の意識が見事に組織の名称に反映するのだ。重要だと思う時には『局』になり、そうでない時には『部』や『統括官組織』。今はこの組織にそんなに強い期待があるわけではない。だから『統括官組織』だ。でも、私はこの組織は重要だと思っている。

この組織が一番輝いていたのは岡崎久彦情報調査局長の時だろう。その下に孫崎享分析課長がいた」

一九八五年頃、情報調査局は岡崎局長の下で輝いていたが、実はその後ろに別の強力な支持基盤があった。官房が全面協力していたのだ。

官僚の社会では組織が一番重要だ。一九八四年、外務省は情報分野を「局」にした。それは伊達宗起官房長、坂本重太郎総務課長の働きによる。

伊達は官房長になる前に内閣調査室の次長をしている。情報の重要性は分かっていた。坂本重太郎は南東アジア第一課首席事務官の時、「米国はベトナム戦争をやめる意図だ、その前に米中接近がある」と警告しようとした。しかし、在米国大使館や在中国大使館から「そんなことはありえない」と言われて、徹底的に弾圧された。

伊達官房長や坂本総務課長が情報調査局をつくった。自民党では秦野章元警視総監が支援した。当時は参議院の外交安全保障委員長だった。その時のキャッチフレーズは「外務省は複眼的情報分析をする」ということだった。

坂本統括官の話はますます力がこもってきた。

「でもね、省内で複眼的分析をするっていうのは、実際は大変なんだ。省内では中国課やソ連課が勢力を持っている。孫崎課長は情報分野では伝達が一番大切と言って、日々の情報を伝える

『日報』を立ち上げたが、この『日報』を書くたびに、中国課やソ連課から怒鳴り込まれていた。『お前は我々の政策を潰すのか。総理に我々と違った情勢判断を上げて、我々の政策に害が出たらどう責任とってくれるんだ』とね。

この国際情報統括官組織で働く者は単に頭がよいだけでは困るのだ。『自分の判断に責任を持つ』『相手が誰であれ、それを主張する』、それが必要なのだ。ちょうど、この間の次官の所での君のような姿勢だ。

何度も言うが、私が君にここで働かないかと言ったのは、同情からではない。君が適材だと思ったからだ。君がやりたいことはなんでもやれ。それは保障する。君もおそらく、外務省の根幹に触れることをやるつもりだろう。外務省の幹部に衝撃を与えるようなことをするのだろう。その時には大変な圧力が来る。『外せ』と言ってくるだろう。僕が頑張っても防ぎきれない。でも、それでいいんだと思う。君がやりたいことをする。またどっかに飛ばされるかもしれない。飛ばされる勲章を君は持っていくのだ。外務省だって、いつかはそういう人材を省として必要と思う時が来ると思う」

石川北米局長に「発言十年早いんだよ」と言われて、前のポストを追われてから、西京寺は落ち込んでいた。

夜十一時、西京寺は小松に電話した。坂本統括官の話を繰り返した。

「『植えられた場所で花を咲かせ』の心境になってきたよ」

「それ怖い。暴走しないで」

確かに暴走するかもしれない。「植えられた場所で花を咲かせ」は、どうもおとなしく咲いているだけの花ではないようだ。西京寺の気持ちが昂った。

一番町、奈緒子の部屋

小松奈緒子は報道課首席事務官になった時にマンションを探した。

三井物産勤務だった父が浜田山にマンションを買ったのは、彼女が聖心女子学院中等科二年の時だ。浜田山に両親と一緒に住んで、外務省に通勤するのはなんの問題もない。が、報道課に移ってから、仕事が新聞記者相手で夜は遅い。家は外務省から歩いて帰れる距離が望ましい。

小松は、時に新聞記者と一緒にカラオケに行く赤坂・六本木方面の喧騒がどうも好きになれない。英国大使館に招待されて半蔵門駅の周りを歩いたら、都心にもかかわらず、落ち着いている。そして麴町警察署がある。大使館の周りには警備がある。夜遅く帰るため治安がいい点がありがたい。

たまたま、一番町で英国大使館の庭が見下ろせる賃貸の１ＤＫが空いていた。二八平方メートルの小さなマンションである。当面、ひとり暮らしだ。広いスペースはいらない。住んでみると静かで、ベランダにモンシロチョウがふわりと飛んでくる。スズメもチュンチュンとやってくる。

彼女は大体夜十時半頃に家に帰る。部屋には版画がかけられている。彼女が最も大事にしているのはルオーだ。『ミセレーレ』の「七剣の悲しみを負う聖母」はボストンで見かけてほしくてたまらなくなり、父にねだって買ってもらった。その父は「ルオーの絵を見に来たよ」と言って、土日に時々マンションに来る。

　小松はステファンのことを思い出していた。

「所詮は無理な恋だった。自分はステファンの専業主婦になるつもりは初めからなかった。外務省勤務を続けるつもりだった。彼は弁護士になるつもりだったから、一緒になることは無理だったのだ。それは分かっていたけれど、好きになってしまった」

　彼女に今、電話をかけてくるのは西京寺だ。

「西京寺は今、キャリアの危機の中にある。彼が気を許してなんでも話せるのは自分くらいなものだから」

　西京寺が好きだ。

　彼女は思う。

「西京寺はいつまでも一番青臭い。いつかボキッと折れそうな危なさを持っている」

　外務省に入った時は、周りは二人が結婚するのではないかとみていた。

「あの頃、西京寺が『結婚してくれ』と言ったら、自分は『うん』と言ったろう。でも彼は言わなかった。そしてステファンが現れた」

　後悔することはない。ソファーに寝転んで、音楽を聴いて、ワインを飲んで、「これでよかったのだ」と思う。

　カラオケの練習に、中島みゆきの歌を聴くことがある。

今はこんなに悲しくて
涙も枯れ果てて
もう二度と笑顔には
なれそうもないけど

そんな時代もあったねと
いつか話せる日が来るわ
あんな時代もあったねと
きっと笑って話せるわ
だから今日はくよくよしないで
今日の風に吹かれましょう

まわるまわるよ時代は回る
喜び悲しみくり返し
今日は別れた恋人たちも
生まれ変わってめぐり逢うよ

（「時代」）

「今日は別れた恋人たちも生まれ変わってめぐり逢うよ」

西京寺は彼女の恋人だったわけではない。でも、中島みゆきの「時代」に、自分と彼とを重ね合わせて思いをはせる。

小松は米国のアマースト大学で学んだ。

西京寺はハーバードで学んだ。

あの頃二人が会おうと思えば会える距離だ。アマースト大学に行った時は、時々会おうと思っていた。双方の大学は車で一時間半の距離だから会おうと思ったらなんでもなかった。

ただアマースト大学での授業は厳しかった。小松は英文学を専攻したが、授業前後に読まなければならない本は山のようにあった。

図書館は夜十二時に閉まるため、別の建物に移動する。メリル・ビルディングと呼ばれる科学館である。科学の実験は夜間停止というわけにいかない。ここで幾夜過ごしたことか。

アマースト大学は日本ではあまり知られていないが、全米のリベラルアーツ大学部門で常に一位、二位を争う全米最高峰のリベラルアーツ・カレッジである。

小松は英語のハンディを負っていた。それで全米最優秀の学生と伍していくには睡眠時間を削らなければならなかった。人生で最も勉強に時間を割いた時である。ハーバード大学にいる西京寺と会う暇なんかあろうはずがなかった。

英文学で四苦八苦していた。

課題が出て苦しんでいる彼女を見て、同じクラスのステファンが時々助言してくれた。この助言で何度となく、救われた。小松は彼を好きになっていくのが止められなかった。しかし、この恋が成就するものとは思っていなかった。好きになっても、自分は外務省を辞めるつもりはなかったのだ。

ではどうなるのか。どこかで終止符を打つことになる。

もともと、両親が聖心女子学院の中等科に入れたのは、いいお嫁さんになることを願ってだった。父はビールを飲みながらよく言っていた。

「テニス部にでも入って、東大などの大学と合同合宿でもして、いい婿さんを見つけたら」

小松は小学校の時には商社勤めの父に連れられロンドンで暮らした。それでクラスメートよりは英語が得意だった。

多くの友だちはエスカレーターで聖心女子大に進んだが、彼女は高校二年の時から予備校に通い、東大を目指した。そして厳しい試験をくぐって、外務省に入った。

今の自分は、高校二年からの人並み以上の努力の上にある。結婚で外務省を辞めるわけにはいかなかった。

かつて自分の人生への参考にと『アインシュタインの言葉』を読んだことがある。

「異性に心を奪われることは大きな喜びであり、必要不可欠なことです。しかし、それが人生の中心事になってはいけません。もしそうなったら、人は道を失ってしまう」

小松はきっと、ほとんどの女性から共感を得られないだろう。

「恋の方が、仕事より比較にならないくらい重要よ」

実際、聖心女子学院の同級生は皆、恋をして、豊かな家庭を築いていた。仲間で独身は自分だけのようなものだ。

結果的に、彼女は、アインシュタインの言葉の道を選んだ。

外務省にいれば海外の大使館を転々とする。ステファンは米国に残る。この恋が長続きすることはありえなかった。

「一年の恋にかけるか。恋をあきらめるか」、葛藤が続いた。自分の中で、「あきらめろ、あきらめろ」という声がした。だが結局、一年の恋を選択した。

幸せなアマースト大学生活だったが、「長く続く幸せだけが求めるものではない」と思った。

小松は卒業時、マグナ・カム・ラウディを得た。

大学の最優秀の卒業生にはサマ・カム・ラウディが与えられる。マグナ・カム・ラウディはそれに次ぐ成績で卒業する生徒に与えられる。その栄誉の若干は、ステファンのおかげである。日本の人にアマースト大学のマグナ・カム・ラウディと言っても「なんのこと?」という反応である。だが、小松にはかけがえのない勲章だ。もう一つの勲章がステファンを婚約者にしたことかもしれなかったが、その夢は破れた。

つい最近、みんなが前から「いい映画よ」と言っていた『ALWAYS三丁目の夕日』を見た。エンディングに「花の名」が流れた。

簡単な事なのに　どうして言えないんだろう

言えない事なのに　どうして伝わるんだろう
一緒に見た空を忘れても　一緒にいた事は忘れない
あなたが花なら　沢山のそれらと
変わりないのかも知れない
そこからひとつを　選んだ
僕だけに　歌える唄がある
あなただけに　聴こえる唄がある

（「花の名」）


この歌を聴いて時に涙ぐむ。なぜか分からない。

その時ふと浮かぶのは、もはや、ステファンではなかった。あの危なっかしい西京寺だ。ステファンとは実質一年半の付き合いだった。西京寺とは外務省への試験勉強をグループで開始してから、もう十年以上の付き合いになる。

もし、自分がステファンの許《もと》に行っていなかったら、おそらく西京寺と一緒になっていたと思う。

彼は今も独身だ。

小松はもちろん、自分と疎遠になってから、西京寺がずっと女性と無縁だったとは思わない。一七三センチで、マスクも標準以上だし、スポーツマンだ。そして外務省員というブランドを持っている。

小松は酒の勢いでふと思う。

「今、『結婚しない?』と言ったら、たぶん彼は真剣に考えてくれると思う。彼は今、苦しい中にいる。石川局長に『十年早い』と言われて、外務省員はすーっと彼の周りから去った。友と呼べる者は外務省にいない。私を頼りにしている。私を必要としている。『一緒にならない?』と言ったら、きっと『うん』と言うだろう。

でも昔、私が彼を振ったんだ。今さら、自分から『結婚しない?』なんて言えるわけがない」

「簡単な事なのにどうして言えないいんだろう」——どちらかが、「好きです」と言えば二人の関係は一気に変わる。「言えない事なのにどうして伝わるんだろう」——言わないが、双方はそれを感じていた。

それでも、二人とも言えないのだ。簡単なことが言えないのだ。

南青山、西京寺の部屋（1）

西京寺は土曜、日曜は外に出る。よく美術館を回る。根津美術館は最も好きな美術館だ。根津美術館を訪れていると、次第に南青山の街が好きになった。なんとなく洗練されている。それでこの街に小さなマンションを借りている。

彼と小松とは大学で一緒に外務省の受験勉強をした仲だ。そして一緒に外務省に入った。どちらかが意思表示をしたわけではないが、なんとなく彼女と結婚することになるだろうと思っていた。

ハーバード大学に留学した時は、車で一時間半の所にいる彼女としょっちゅう会うことになるのではないかと思った。西京寺のハーバード大学での勉強はそう厳しくなかった。米国人もロシア語はゼロからのスタートである。ゼロとゼロのスタートならそう苦しくない。しかしアマースト大学にいる小松は英文学を選択したので、大変そうだった。それで会うのを遠慮した。そのうちに彼女から「好きな人ができた」という手紙をもらった。

そして、西京寺はハーバード大学での二年を終え、モスクワ大学の文学部に入った。

彼が最も好きになったのは、詩人のアンナ・アフマートヴァである。

人は思っていた
　貧しくて　私たちには何一つないと
けれどひとつまたひとつと失ってゆき
毎日が追悼の日になると
歌がつくられはじめた
神の大いなる恵み深さと
私たちのかつての豊かさをうたう歌が
（『アフマートヴァ詩集』木下晴世訳、群像社）

「貧しくて　私たちには何一つないと　けれどひとつまたひとつと失ってゆき　毎日が追悼の日

になると　歌がつくられはじめた」という詩の言葉は、モスクワ大学での西京寺の心境を表しているかのようだった。

自分ではそんなに思っていなかったが、小松がステファンの許に行ったのが打撃だった。彼は徹底的にロシア文学やソ連文学を読んだ。ロシアに流れる深い悲しみと、どうしようもない絶望感、さらに絶望を超えて「今に生きる」価値観が自分の中に入っていった。

ロシアに来るまで、彼は全く普通の日本の若者だった。

高校は金沢大学附属高校だった。受験勉強で学んだ鉄則がある。

第一に求められることを知れ。

第二に好きなものに没頭するな。

漫然と勉強するのではない。どういう試験問題が出るか、それを理解して学ぶ。数学が好きでも没頭するな。時間が来たら好きでも嫌いでも古文や化学に切り替える能力を持つ。その考えは大学受験にも適用したし、外務省に入る時にも適用した。

外務省に入ってロシア語の研修を命じられた。これまでと全く逆の生き方になった。ハーバード大学でもロシア文学、モスクワ大学でもロシア文学、三年間も文学漬けだ。

ロシア文学は「なぜ生きるか」を直球で問うてくる。日本での学生生活では周りと一緒に漫然と生きてきた。しかしロシアでは「なぜ生きるか」を問われた。

チンギス・アイトマートフという作家がいる。著書『処刑台』に次のようなシーンが描かれている。

「若い主人公は金がない。

カザフスタンからモスクワに帰る時、貨物列車に乗った。貨車の中にはたくましい男どもがたむろしていた。麻薬、ケシの売人だった。皆、リュックにケシを詰め込んでいる。見ると小学生のような小さい子も同じように麻薬を詰め込んだリュックを持っている。

それで主人公はこの小学生に言った。

『君はこんなことに巻き込まれてはいけない。麻薬の世界に入っちゃ駄目だ』

周りの売人たちがこの台詞を聞いて怒った。自分たちが従事している仕事がこき下ろされたのだ。この男を半殺しにした。動けないぐらい痛めつけて貨車から砂漠に放り出した。

砂漠で動けないまま数日いた。男はかろうじて生きながらえた」

この描写に驚いた。

日本人だったら、どうするだろう。

まず、かかわらない。もし小学生に忠告するとしても、違った選択をする。例えば、最終地のモスクワ駅に着いた時に、小学生をこっそりと脇に呼んで諭す程度にするだろう。麻薬の売人の前で言えば殴られるのは分かっている。こんな馬鹿な選択は絶対しない。

しかし、視点を変えてみよう。

キリストはどうしたか。

キリストは人々に説いた。そしてどうなったか。

磔《はりつけ》だ。

行動の成果を考えたら、全くの失敗である。人々の支援もそんなに得られず、自分の弟子から裏切り者を出し、最期は磔だ。

「重要なことは結果ではない。行為そのものだ」

これがチンギス・アイトマートフの主張だ。そして、ロシア人はこの主張を歓迎した。

米国・ワシントンのヘリテージ財団（1）

石原慎太郎東京都知事は二〇一二年四月十六日午後、米国の研究所、ヘリテージ財団主催のシンポジウムで講演し、尖閣諸島の一部を都が買い取る意向を示した。

「東京都はあの尖閣諸島を買います。買うことにしました。たぶん私が留守の間に実務者がですね、決めているでしょう。〔中略〕まさか東京が尖閣諸島を買うことでアメリカが反対するわけないよなあ？　ないでしょ？」

西京寺がこのニュースを聞いた時、最初の反応が「なんでヘリテージ財団だ？」であった。

ヘリテージ財団は共和党系で最も力の強い研究所である。軍の増強を強く主張する研究所でもある。しかし、単なる研究所ではない。昔から「闇の世界」と関係しているのではないかと噂されてきた。調べてみれば分かるが、米国諜報機関のＣＩＡや軍諜報機関のＤＩＡを経験した者が勤務している。

また、韓国の情報機関ＫＣＩＡや統一教会の文鮮明《ムンソンミョン》との関係が指摘されてきた。ニュースサイト「watch. pair」は「一九八〇年代、ＫＣＩＡはヘリテージ財団に寄付を行っている。ヘリテージ財団は統一教会の活動家を研究所で勤務する者として受け入れていた」等記述した。
西京寺はヘリテージ財団の性格を外務省の内部に知らせておく必要を感じ、すぐ簡単なメモを坂本国際情報統括官に提出した。

ヘリテージ財団等について（石原氏講演関連）

ヘリテージ財団は冷戦時代から右派が拠点としている財団である。
彼らの活動は非合法的活動も含む。
ヘリテージ財団の性格など次のとおり。
①ヘリテージ財団は一九七三年設立。保守的政策の促進を目的としている。軍部との結びつきは極めて濃い。
②保守的研究機関としては最大、全米の研究機関としても五番目に相当する。
（参考：ニュースサイト「Pen Library」〔二〇一一年〕のランキング）
1：ブルッキングス研究所、2：カーネギー財団、3：外交問題評議会、4：戦略国際問題研究所（ＣＳＩＳ）、5：ヘリテージ財団
③共和党に強い影響力を持つ。二〇一一年十一月アメリカン・エンタープライズ研究所（ＡＥＩ）と共に共和党の大統領候補者を集め討論会を開催し、大統領選の主要プレイヤーになった。

④歴史的には、ヘリテージ財団は一九八〇年代から一九九〇年代前半にかけて政権のブレーン機関と位置付けられ、レーガン・ドクトリンの主要な立案者かつ支援者だった。
⑤ミサイル防衛を提唱し、レーガン政権の主要政策になった。
⑥ヘリテージ財団は、アフガニスタン、アンゴラ、カンボジア、ニカラグアなどで反共主義を提唱し、米国政府はこれらの国に、諸々の介入を行い、抵抗運動を支援した。また冷戦中、世界的に反共主義を支援した。
⑦ヘリテージ財団ではCIAや軍の諜報機関DIAの元職員が多く働いている。最近では、国防副次官（東アジアなどを担当）を務めたピーター・ブルックス上級研究員がCIAでの勤務経験を持つ。彼は石破、前原、長島議員参加の日米安全保障会議に参加している。
ヘリテージ財団の活動の中で、非合法活動（通常「スパイ活動」と言われる分野）を支援していることに注目すべきである。

石原知事の提案を受けて、中国のタカ派が勢いづく可能性が高い。

ヘリテージ財団は単なる研究所ではない。スパイ活動と関係しているのだ。

バージニア州ボアーズ・ヘッド・イン

バージニア州シャーロットビルにあるボアーズ・ヘッド・インは五七三エーカーの敷地を持つ

森の中のホテルである。ゴルフも楽しめる。ワシントンから車で来ることができ、米国政府高官が会議に利用している。

スタンフォード大学名誉教授のメイは、ヘリテージ財団で石原知事の演説を聞いた後、ボアーズ・ヘッド・インでの夕食会に来た。

米国国防情報局（DIA）の招待である。

石原知事の演説は、仕掛けた国防情報局の予想以上の成果があった。「東京都の尖閣諸島購入」発言が、日中間に緊張を生んでくれることは間違いなかった。

米国国防省は将来の国防政策を、中国の脅威を軸として構築する予定であった。その時、日本と韓国を米国の尖兵として中国に対峙させようと思っていた。それには、日中間に緊張をもたらすのが望ましい。そのために、対中強硬論者の石原知事をヘリテージ財団に呼んで対中強硬演説をしてもらうことを計画した。

石原知事が「東京都の尖閣諸島購入計画」を持ってきてくれたのは予想を超える収穫だった。これで日中間の緊張がエスカレートするのは間違いない。

ボアーズ・ヘッド・インの夕食会は急きょ、祝賀会の様相を呈した。

バンダービルト大学のジェームズ・アワー教授（元国防省日本部長）とリチャード・ローレス元国防副次官も参加した。この二人は日本を手玉にとる「ジャパンハンドラー」と呼ばれるグループの中心人物である。石原知事の演説の後、二人はパネル討議のメンバーとして石原演説に花を添えた。

米国国防省と石原知事の間を取り持ったのがメイ教授である。

メイは、もともと、情報関係の人間ではない。彼は三島由紀夫の『金閣寺』に魅せられて日本文学に関心を持った。ただ、文学部での卒業では就職が難しいと判断し、大学院で国際関係を学び、一九六九年に博士号を取得した。

米国では、一九六〇年代から急速に経済成長をとげる日本への関心が高かった。日本現地における情報収集が強く求められた。一九七二年、メイは早稲田大学政経学部のリサーチ・アシスタントになる。

日本語を話せる米国人は多くない。次第に彼は日本社会の中心部に食い込んだ。今や、日本の政治の世界での第一人者である。日本の首相に会おうと思えばいつでも会える特別のステータスを築いた。

米国の情報機関がこうしたメイを放置しておくわけがない。彼はCIAと密接な関係を持ち始めた。

一九九〇年代後半、さまざまな形でCIA協力者リストが公表された。その一つがクローリー・ファイル（Crowley Files）である。ここではCIAへの情報提供者として次の人々の名前が出ていた。

POCAPON（暗号名）＝緒方竹虎（朝日新聞社主筆、吉田内閣時の副総理）
PODAM（同）＝正力松太郎（読売新聞社社主）
POHALT（同）＝柴田秀利（正力松太郎の右腕）

この暴露で、メイの名前が出た。さすがにこの時はメイも日本での活動をあきらめた。「CIAのスパイ」と指摘されて日本で活動できるはずがないと思った。

しかし、日本は不思議な国である。読売新聞がCIAとつながっていたということは誰も追及しなかったし、それどころか、メイがCIAの協力者と報じられて、日本の政界、財界、言論界の上層部との接触の密度が逆に濃くなった。米国との関係が深いということが、日本では出世の切り札となっている。

石原慎太郎は、メイと密接な関係を持っていることを自慢している。彼ほど評判と実体とが異なる政治家も珍しい。石原は一九八九年、ソニーの盛田昭夫会長と共に『「NO」と言える日本――新日米関係の方策』（光文社）を出版した。これで多くの人は対米強硬派と思っている。しかし実際は米国の評価を実に気にしている。

メイは石原懐柔策を熟知している。彼には米国で評判が高くなる方法を教えればよい。そして、メイは石原にヘリテージ財団での講演を提案した。ここで「中国に対して厳しい発言をすれば、米国の保守系から大歓迎される」と述べ、さらに「何か厳しい措置を具体的にとれれば、それほど素晴らしいことはない」と述べておいた。

石原はいまだに国政の場での復帰を模索していた。それも首相としてである。さらに長男の伸晃が自民党幹事長として総理を狙える地位にいる。彼は、「自分が首相になるにせよ、息子が首相になるにせよ、米国の支援が必要だ」と思っているのだ。

メイは石原知事の動きを鋭く観察していた。そして、「石原知事は今、最も操作しやすい」と米国国防情報局に連絡した。石原知事の自尊心をくすぐればよいのだ。

米国国防情報局はヘリテージ財団に「石原知事を招待するように」と指示した。メイが提案した石原懐柔策は、ヘリテージ財団での「東京都の尖閣諸島購入計画」として結実した。

ボアーズ・ヘッド・インでの勝利の酒は美味しい。

メイも米国国防情報局の者も、「ジャパンハンドラー」のジェームズ・アワー教授もリチャード・ローレス元国防副次官もワインに酔った。

米国国防情報局はメイに感謝した。

報酬の話は出なかった。その場で決める必要は全くなかった。金は国防情報局から直接渡されることはない。

メイは国防情報局がさまざまな形で報酬をくれることを知っていた。そのうちの一つが講演会である。講演会の報酬には限りがない。

クリントン元大統領の講演料を見てみよう。彼は二〇〇一年一月に大統領職を去ってから、八九〇〇万ドルを講演料で稼いでいる。なんと約九〇億円である。二〇一一年には五四回の講演で一三四〇万ドル、約十三億円である。一回で最も大きかった収入は香港での七五万ドルであった。中国系から一時間約七五〇〇万円もらっていて、日本の方を支持するだろうか。クリントン夫妻の親中、反日は有名である。

国防情報局が各研究所に資金を提供する。研究所は講演料として巨額の金を渡す。スパイ容疑はどこからも出てこない。合法とされている。

メイに対して、五カ所の研究所が講演を依頼して、各々の講演料が一万ドルなら計五万ドルの講演料が入る。さらにどこかの会社の社外取締役にすればよい。そうすれば年間数千万円から億単位の金が保障される。

彼は、「国防情報局は国防情報局自体が全く関与しない形で報酬をくれる」ことを知っていた。

国際情報統括官室（2）

坂本統括官は「ちょっと、尖閣問題の件で話がしたい」と西京寺を呼んだ。

「石原知事の『東京都が尖閣諸島を購入する』という案は必ず日中関係を緊張させる」と心配そうに話し、「今までに中国側でどんな強硬発言があったかね」と西京寺に問うた。

西京寺は「断片的な情報しかありませんが、今までにも発言はありました」と述べて、二〇一一年三月四日付のニュースサイト「サーチナ」の記事を紹介した。

「中国軍事科学院研究員の羅援《ルオユエン》少将が二日、中国人民政治協商会議開催にともなう記者会見で、尖閣諸島（中国名は釣魚島）問題についての質問に答え、『人が住める島なら軍を駐屯させるべきだ。人が住めなければならんらかの軍事施設を、それも無理なら（中国の主権を表示する）碑や国旗の設置を行うべきだ』との考えを示した。そのためには、軍艦を派遣すべきと主張した。香港の明報が報じた」

坂本はこの記事を一読したが、その重要性が十分に分からなかった。

「羅援少将って、どういう人物なの？」と聞いた。

西京寺は羅援少将の背景を述べ始めた。

「ご存じのように、中国では、党の高級幹部の子供が人民解放軍に入るケースが多いのです。人民解放軍は大変な利権集団です。劉少奇《リウシャオチー》の息子が軍事科学院政治委員、林彪《リンピャオ》の息子が空軍作戦部副部長、李先念《リーシエンニエン》の娘婿が空軍政治委員、江沢民《チアンツォーミン》の息子が人民解放軍総政治部組織部部長という具合です。これらの人々は、太子党と呼ばれ強力な派閥を形成しています。

羅援の父、羅青長《ルオチンチャン》も中国共産党調査部長という要職にあった人です。羅援は一九四一年、中国共産党が延安《イエンアン》に拠点を移した時に毛沢東《マオツォートン》や周恩来《チョウエンライ》と一緒に活動しました。中国共産党の人脈で言えば、本流中の本流です。

羅青長が掌握していた中国共産党調査部はスパイや反革命の取り締まりを行っている国家安全部の前身です。言ってみれば、スパイ組織の親玉です。スパイ組織の親玉の息子ですから、怖いもの知らずの感じで発言しています」

坂本は尖閣諸島問題での強硬派が、中国の軍や党に相当根強い勢力を持っていることを理解した。

「中国を甘く見ちゃいかんな。羅援は氷山の一角だな。西京寺君、各国の例を調べて、各国がいかに軍事衝突を避ける努力をしているか、報告頼む」

西京寺も石原知事の尖閣諸島購入問題が日中関係の緊迫を招く危険性を察知していた。

彼は夜十一時、小松に電話した。

「奈緒子さん、石原氏の演説、新聞記者はどう言っているの？」

「行け行けどんどんの雰囲気じゃない？『当然だ。日本の領有権をもっとしっかり確立しろ』という空気が強い」

「そんなことしたら、中国の軍部は『待ってました』とばかりに、強硬な姿勢に出るよ。『この際、中国と対話をして、緊張を高めるべきでない』と主張する記者はいないの？」

「あまりいない。みんな、空気を読んでる。今、流れは『中国にはできるだけ強硬な発言をしろ』よ。大介君、この流れに逆らって、あんまり突っ込んじゃ駄目よ」

日本社会で生き抜くことは空気を読むことである。山本七平の『「空気」の研究』（文藝春秋）では、日本で一番重い罪は空気に逆らうこと、「抗空罪」と看破している。

官邸・新聞、総力をあげて丹羽大使叩き

石原知事の東京都による尖閣諸島購入発言は日本国内で幅広い支持を集めた。そして、石原は四月二十七日の記者会見で、尖閣諸島の購入費に充てる目的で都の名義の口座を同日付で開設し、全国から寄付を募ると発表した。約四カ月後の九月までに十四億七千万円もの寄付金が集まることとなった。

尖閣をめぐる石原発言が勢いを増した。

すべては石原発言を軸に動き始めた。

この動きに強い危機感を持つ人物がいた。丹羽宇一郎駐中国大使である。

丹羽大使はもともと外務省員ではない。元伊藤忠社長である。

丹羽は外務省幹部に電話した。外務省と在中国大使館の間には暗号のかけられた電話回線がある。

激しいやりとりになった。

「石原知事に引きずられると、日中間で大変な事態になるぞ」

「私たち、本省はそのようには見ていません」

「君たち東京にいる人間は机に座って判断しているが、私は自分の体で感じているのだ」

「大使はそのように感じておいでになりますが、私たちは異なった判断をしております」

「何を言っているんだ。現場の意見をなぜ尊重しないんだ。このままでは大変なことになるぞ」

「私たちも、机に座っているだけでなくて、中国に居住している方を含め、さまざまな方々のご意見を聞いて、大使がご指摘されるような大変なことになるとは判断していないのでございます」

丹羽大使は不愉快な思いをした。「中国に居住している方を含め」とは暗に大使館勤務の人間を指している。自分の部下にあたる人間がこっそりと外務省と連携をとっている。

「何が『中国に居住している方』だ。中国要人と最も接触しているのは私じゃないか。『中国に居住している方』は大使館の公使や参事官だろうが、彼らは私のように中国の要人と直接会ってはいない。中国要人の雰囲気を直接感じてはいない」

丹羽は民主党の政治家にも「大変な事態になるぞ」と警告した。

しかし反応は鈍い。

そこで丹羽は在北京特派員たちに聞いてみた。

「どうだ。俺に独占インタビューしないか。それで警告を発してくれよ」

新聞社の面々は躊躇した。本社から「『中国寄り』と誤解される記事は送るな」と指示をされていたのだ。

そのうち、英紙フィナンシャル・タイムズがインタビューを申し込んだ。

フィナンシャル・タイムズは英国の新聞であるが、販売数は英国内より外国の方が多い。情報の価値で勝負している。

二〇一二年六月七日付フィナンシャル・タイムズは「尖閣諸島購入計画について東京は警告される」という標題で、丹羽大使の発言を次のように報じた。

「もし、石原氏の尖閣諸島購入計画が実行されれば日中関係が極めて重大な危機に陥る。我々は過去数十年の努力がゼロになることを許せない」

後々の展開をみれば、丹羽大使の警告は正鵠《せいこく》を射たものだった。しかし、日本国内は異常な空気に包まれていた。

藤村修官房長官は六月七日の記者会見で不快感を示した。

「個人的に見解を述べたということで、政府の立場を表明したものでは全くない」

玄葉光一郎外相は同日、外務省幹部を通じて丹羽大使を注意した。

民主党の前原誠司政調会長も糾弾した。

「大使としての職権を超えている。わが国の固有の領土たる尖閣諸島について、どこが買う買わないで中国と問題になるということ自体、見識が問われる」

石原知事も当然批判に加わった。

「どんな抑圧、どんな洗脳が行われているかは知りませんがね。少なくとも、日本を代表して北京にいるべき人物じゃないということだ」

新聞も同様に丹羽大使を叩いた。

六月九日付の産経新聞は「尖閣発言、国益損なう大使は更迭を」と題する「主張」を掲載した。

読売新聞も十二日付で「丹羽大使発言、『尖閣』で対中配慮は無用だ」という社説を載せて、次のように論じた。

「政治的案件を多く抱える中国の大使に、ビジネスで利害関係がある商社出身者を起用して大丈夫なのか。そうした不安が的中したと言える。

衆院決算行政監視委員会で、東京都による尖閣諸島の購入問題が取り上げられた。

参考人として出席した東京都の石原慎太郎知事は、丹羽宇一郎中国大使が購入に異議を唱えたことについて、『政府の意向と違う発言をする大使を更迭すべきだ』と主張した」

日本がいかに異常であったかが分かる。

「実行されれば日中関係が極めて重大な危機に陥る」と正しい予言をした人物が袋叩きに遭う。

この日本の異常さはなんであろう。

正しかったのが丹羽大使。間違ったのは、官房長官、外務大臣、外務省事務方、前原政調会長、石原知事、産経新聞、読売新聞。

そして、正しかった人間は糾弾された。

間違った人間はどうなっているか。全く糾弾されない。正義の顔をして、そのまま居座っている。いつものとおりである。

東京會舘「ユニオンクラブ」（1）

皇居外苑の馬場先門を見下ろす位置に東京會舘がある。この八階に会員制の「ユニオンクラブ」がある。ここで眺められる、皇居外苑から皇居に向かっての広大な空間は絶景である。

二〇一二年八月一日、小松は読売新聞の記者、粟津に招待されて昼食に来た。シーフードカレーやハヤシライス等の軽い昼食があるのがありがたい。

外務省と読売新聞の関係は極めてよい。米国との関係を重視するという点で、両者の目指す方向はぴったり一致する。それで小松は、読売の記者にはなんの警戒心もなく会える。

粟津とはカラオケでよく一緒になる。

外務省と新聞社の関係は、何も一方的に外務省が情報を提供するわけではない。外務省が新聞社に教えてもらうことも多い。特に「政治家がどのように動いているか」は、新聞社から貴重な情報を得ている。両者はお互いに相手のほしい情報を融通し合う関係になっていて、それで一種のバランスを保っている。

小松は西京寺も誘った。彼は昼食時、皇居一周のジョギングをしているので、ほとんど昼食の約束がない。喜んで参加した。

「ユニオンクラブ」はゆったりとしたスペースを持っている。隣の会話はほとんど聞こえない。

栗津は、「小松さん、面白いものがありましたよ」と新聞の切り抜きを渡してくれた。標題は「社説・尖閣問題を紛争のタネにするな」である。日付を見ると一九七九年五月三十一日である。

小松は急いで目を通した。

「尖閣諸島の領有権問題は、一九七二年の国交正常化の時も、昨年夏の日中平和友好条約の調印の際にも問題になったが、いわゆる『触れないでおこう』方式で処理されてきた。つまり、日中双方とも領土主権を主張し、現実に論争が〝存在〟することを認めながら、この問題を留保し、将来の解決に待つことで日中政府間の了解がついた。

それは共同声明や条約上の文書にはなっていないが、政府対政府のれっきとした〝約束ごと〟であることは間違いない。約束した以上は、これを順守するのが筋道である」

新聞は読売新聞とある。

「栗津さん、これ何？　棚上げ方式について、『政府対政府のれっきとした〝約束ごと〟であることは間違いない。約束した以上は、これを順守するのが筋道である』と書いてある」

「そう」

「そうって言ったって、おたくの社の社説でしょう？」

「そう」

「『約束だ。だから守らなければならない』と言ってるのよ」

「そう」

小松にはこの新聞記事はにわかに信じられなかった。

記事を読んだ西京寺も同様の感想だった。

読売新聞は、今は「尖閣諸島は日本固有の領土である。その立場をしっかり貫くべきだ」と主張している。その急先鋒である。

「読売新聞もこんな社説を書いたことがあったの」

「まあ、一九七九年頃というと、棚上げで合意したというのは、何も読売新聞だけの見解じゃない。日本のほとんどの社の見解だよ。ついでに言うと、外務省もそうだったということだ」

小松には粟津の言葉が信じられなかった。

外務省は今、「尖閣諸島はわが国固有の領土である。国際的になんの問題もない。だから中国側とこの点について話し合うべきことは何もない」という立場である。彼女の仕事は、この外務省の立場を新聞に書いてもらうように働きかけることである。

「粟津さん。あなた、『外務省もそうだった』と言ったけれど、それどういうこと?」

「うちの社の先輩に聞いたんだ。私もわが社がこんな社説を書いていたなんて信じられなかった。それで、先輩に聞いてみた。社説を書くには当然、外務省に意見を聞いているということだった」

彼は笑みを浮かべて続けた。

「私はね、この社説を同期の文化部の人間に見せたんだよ。そしたら面白い反応が来た。〝漱石の『吾輩は猫である』だ〃と言うんだ」
小松は「私も『吾輩は猫である』は読んだことがあるけど、それと尖閣諸島がどう結び付くか全く分からない」といぶかしげに言った。
粟津は「もちろん、私もそうです」と言って、漱石の『吾輩は猫である』のコピーを渡した。

（苦沙弥先生と落雲館の生徒とのいざこざに関する哲学者先生の言葉として）

中学の生徒なんか構ふ価値があるものか。なに妨害になる。だつて談判しても、喧嘩をしても其妨害はとれんのぢやないか。僕はさう云ふ点になると西洋人より昔しの日本人の方が余程えらいと思ふ。西洋人のやり方は積極的積極的と云つて近頃大分流行《はや》るが、あれは大なる欠点を持つて居るよ。第一積極的と云つたつて際限がない話しだ。いつ迄積極的にやり通したつて、満足と云ふ域とか完全と云ふ境にいけるものぢやない。向に檜《ひのき》があるだらう。あれが目障《めざは》りになるから取り払ふ。と其向ふの下宿屋が又邪魔になる。下宿屋を退去させると、其次の家が癪《しやく》に触《さは》る。どこ迄行つても際限のない話しさ。西洋人の遣《や》り口《くち》はみんな是さ。ナポレオンでも、アレキサンダーでも勝つて満足したものは一人もないんだよ。人が気に喰はん、喧嘩をする、先方が閉口しない、法庭へ訴へる、法庭で勝つ、夫《それ》で落着《らくちやく》と思ふのは間違さ。心の落着は死ぬ迄焦《あせ》つたつて片付く事があるものか。〔中略〕人間だものどこ迄積極的に我意を通す事が出来るものか。西洋の文明は積極的、進取的かも知れないがつまり不満足で一生をくらす人の作つた文明さ。日本の文明は自分以外の状態を変化させて満足を求めるのぢやない。西洋と大に違ふ所は、根本的に周囲の境遇は動かすべからざるものと云ふ一大仮定の下に発達して居るのだ。親子の関係が面白くないと云つて欧洲人の様に此関係を改良して落ち付きをとらうとするのではない。親子の関係は在来の儘で到底動かす事が出来んものとして、其関係の下に安心を求むる手段を講ずるにある。〔中略〕山があつて隣国へ行かれなければ、山を崩《くづ》すと云ふ考を起す代りに隣国へ行かんでも困らないと云ふ工夫《くふう》をする。山を越さなくとも満足だと云ふ心持ちを養成するのだ。それだから君見給へ。禅家でも儒家でも屹度《きつと》根本的に此問題をつらまへる。いくら自分がえらくても世の中は到底意の如くなるものではない、落日を回《めぐ》らす事も、加茂川を逆《さか》に流す事も出来ない。只出来るものは自分の心丈《だけ》だからね。心さへ自由にする修業をしたら、落雲館の生徒がいくら騒いでも平気なものではないか、

栗津は小松と西京寺が読み終わるのを見て言った。

「文化部の者が、『尖閣諸島を日中双方が自分のものと主張している。白黒つかないんだ。白黒つかない問題と理解して、その事実と共に生きる知恵を昔の日本人だったら持っていた』と言うんだよ」

小松は「そんな記述、本当に『吾輩は猫である』にあったかしら。私は全く記憶にないんですけど」と、まだ腑に落ちない様子ながらも続けて言った。

「でも、この記述、とても面白いと思う。実はね、米国にシェリングという学者がいるの。二〇

年に『ゲームの理論を通じて紛争と協調への理解を深めた』功績でノーベル経済学賞をもらっていて、そこで彼はこんな論を展開しているわ。『勝利という概念は、敵対する者との関係でなく、自分自身が持つ価値体系との関係で意味を持つ』。『吾輩は猫である』とノーベル経済学賞受賞者と同じ考えよね」

「尖閣諸島は一ミリたりとも譲らない」という人で『吾輩は猫である』のこの部分を記憶している人はいるだろうか。


どの時期からか、日本は嘘をつき始めている。

外務省とメディアが一緒になって嘘をついている。

そして国民がまんまとこの嘘にのっかっている。

なぜなんだろう。嘘をつく利益はなんだろう。この解明なしで尖閣問題は解明できない。

青山学院大学

西京寺は小松と粟津の会話を黙って聞いていた。

「『勝利という概念は、敵対する者との関係でなく、自分自身が持つ価値体系との関係で意味を持つ』って、なんと含蓄のある言葉だろう」

彼は「この考え方を領土問題にどう位置付けるか」を考えていた。

ふと、青山学院大学の羽場久美子教授が浮かんできた。欧州政治の専門家である。領土問題にも関心を持っている。

羽場教授に電話をして会見を申し入れた。教授は快く引き受けてくれた。

二〇一二年八月六日、西京寺は青山学院に向かった。青山学院は地下鉄の表参道駅の近くにある。西京寺のマンションからは歩いていける距離である。

表参道はファッションの発信地である。青山学院は日本の大学の中で、最も地価の高い所、繁華街に近い所にあるのではないだろうか。それもあってか、学生の間で人気が高まり、近年受験の偏差値はどんどん上がってきている。

青山学院のアイビーホールのカフェ&ダイニング「フィリア」で十一時に会うことにした。

西京寺は小松が話していたことを羽場教授に伝えた。

「シェリングは『勝利という概念は、敵対する者との関係でなく、自分自身が持つ価値体系との関係で意味を持つ』と言っていますが、この言葉を領土問題にどのように当てはめたらいいのでしょうか」

教授はチャーミングな笑顔を浮かべながら話し始めた。

「日本政府は尖閣諸島などを『固有の島』と言っていますよね。でもこれおかしいんです。私は民族・地域紛争を研究していますが、『固有の島』という論じ方はおかしいと思います。

日本は尖閣諸島を一八九五年に自分のものにした『固有の領土』と言っています。ヨーロッパでは、十九世紀や二十世紀の問題で『固有の領土』という言い方は存在しないのが普通です。十九世紀末のヨーロッパでは、一方が『固有の領土』と言ってしまうと、ほとんどが戦争になってしまっています。

ヨーロッパでは、国境線の引き直しをめぐって約二千年に及ぶ紛争が続いてきました。『ヨーロッパの歴史は境界線の歴史だ』と言う学者もいます。第二次大戦で二千万人もの死者を出し、ようやくヨーロッパの戦争が終わりました。戦争の累々たる屍の上にヨーロッパは不戦共同体を開始します。ドイツは新しい国境線の引き直しをすべて放棄しました。ドイツにとって屈辱的だったと思うのですが、これで二千年の戦争に終止符を打ったのです。

国境の取り合いは『ゼロサム・ゲーム』です。国境線は取られた側と取った側に分かれます。負けた方には怨念が残ります。『ゼロサム・ゲーム』は取った、取られたで終わるのではなくて、そこから次の戦争が始まります」

『吾輩は猫である』から出発して、シェリングの「勝利という概念は、敵対する者との関係でなく、自分自身が持つ価値体系との関係で意味を持つ」に行き、羽場教授の「『ゼロサム・ゲーム』は取った、取られたで終わるのではなくて、そこから次の戦争が始まります」に来た。

青山学院のキャンパスは広々として街路樹が整然と植わっている。

西京寺の頭の中もすっきりした。

「尖閣の棚上げ」論は、紛争の処理をどうするかという観点でも正解なのだ。

日本工業倶楽部

二〇一二年八月七日、国際情報統括官組織の坂本統括官は日本工業倶楽部に出かけた。その建物は一九三四（大正九）年十一月に建設され、国賓も迎えられる格式のある玄関が造られた。二〇〇三（平成十五）年に旧来の面影を残しつつ、建て替えがなされた。

日本工業倶楽部は日本有数のクラブである。理事には、新日鐵住金、東京電力、味の素、日本郵船、昭和電工等日本有数の会社の元社長クラスが並んでいる。

坂本は、かつてここの午餐会で「最近の国際情勢」について講演した。二〇〇名くらい出席していたのではないかと思う。

講演が終わって、小部屋の応接室で何人かの役員と懇談した。その時の縁で、現在日本工業倶楽部の理事を務める五菱商事の加賀元副社長と昵懇《じっこん》になった。時々食事に呼ばれ、国際情勢を語ってきた。加賀は若かりし頃、財界の金庫番と言われた。

彼は一九七二年の角福戦争（首相の座をめぐり、田中角栄と福田赳夫が争った事件）の時には実弾（お金）を田中角栄に運んだ人物である。

坂本は加賀に一九七九年五月三十一日付読売新聞の「社説・尖閣問題を紛争のタネにするな」を渡した。

「加賀さん、私はあなたの会社が、『会社の将来は中国市場にある』という方針を出されていると聞きましたが、この方針はその後も変わりないでしょうか」と問うた。

加賀は「そのとおり」と答えた。

坂本は神妙な声で言った。

「石原知事が尖閣諸島を買い上げると言ったことによって、今後、日中関係に相当緊張が出ることが予想されます。なんとか手を打たないと危険です。私は緊張を和らげるには、尖閣諸島の棚上げ方式しかないと思っています。でも今の日本政府は『合意はない』という立場をとっています。これは大変に危険です」

加賀は「それは分かる。で、僕にどうしろと言うのかね。何か要望があって、あなたは私の所に来たのだろう」と遮った。

「そうです。おっしゃるとおりです。お願いがあって来ました。外務省の栗山元次官に会って、棚上げの真相を聞いてほしいのです。今、外務省の姿勢は棚上げが存在しないという姿勢ですから、私が栗山元次官に聞こうとすると栗山さんは警戒します。加賀さんから聞いていただき、そして、できればその真相を財界の有力者の間に広めていただきたい」

加賀は怪訝そうに、「では、あなたは『棚上げ合意はない』という政府の方針に逆らうことをしてほしいと頼んでいるのか」と問うた。

「そうなるかもしれません。私は何も省益のために動くのが外務省員の仕事だと思っていません。国益のために動くのが、外務省員の責務と思っています。少なくとも私が外務省に入った時には、外務省員はそう思って仕事をしていました。在外公館を見てください。大使公邸は菊の御紋です。食器を見てください。五七桐花紋です。外務省の紋を入れているわけではない。外務省員は省益だけで動くわけではないと思ってきました。

とりあえず、栗山元次官に会って聞いてください。その後どうするかはあなたのご判断です。棚上げ合意は一九七二年の周恩来《ヂョウエンライ》首相と田中角栄首相の話の中で出てきます。栗山元次官はこの時、条約課長です。すべての成り行きを知っています。彼が一番真相を知っています」

坂本統括官が加賀元副社長を訪れたのは、彼なら必ず栗山尚一元次官を呼んで、真相を聞き出すに違いないと踏んでいたからだ。加賀は財界の中でも異常なくらい情報に関心のある人物である。

一九七〇年代、ニューヨークのメトロポリタン美術館より五菱商事に極秘に商談が来た。「アンリ・ルソーの絵画、『平和』と『戦争』を買わないか」という話だ。加賀がある時、坂本に話してくれた。

「アンリ・ルソーの絵画、『平和』と『戦争』はメトロポリタン美術館にとって宝物のような価値があるものだ。調べてみると、この絵はロックフェラーがメトロポリタン美術館に寄贈した絵画である。なぜロックフェラーの怒りを買ってまで、こんな貴重な絵を手放そうとするのか。

メトロポリタン美術館はその時どうしても買いたいものがあった。エジプト政府からメトロポリタン美術館にツタンカーメン関連のものを買ってほしいという依頼が来て、その資金繰りにアンリ・ルソーの絵画を売りに出そうということになったのだ。

そこで自分は考えた。なぜエジプトが国宝ともいえるツタンカーメン関連のものを売りに出そうとしているのか。私はエジプトがイスラエルに戦争を仕掛けるつもりだと判断した。そのために膨大な軍資金が必要となったのだ。私は『戦争が起こる』と判断して、社長の所に行き、すべての商談をストップあるいは解約して戦争に備えた。

現実に一九七三年十月六日、エジプトが前の戦争での失地回復のため、シリアとともにイスラエルに先制攻撃をかけ、第四次中東戦争が開始されている。五菱商事は何十億という金の損失を免れた」

坂本は加賀の情報に対する執念を感じた。

「加賀元副社長は情報収集の鬼のような人だ。きっと栗山元次官に聞くに違いない」

紀尾井町「福田屋」(1)

加賀五菱商事元副社長は、接待においては一つの法則を持っている。

「この人からの情報がどうしても必要」と思う時には、食事の場所をとびきりの所にして、相手に「こちらの接待は最高だ」ということを分からせるのだ。

彼は栗山元外務次官を呼ぶ場所を紀尾井町の「福田屋」にした。料亭では日本で一、二を争う店である。

坂本と会って二週間近く経った八月二十日夜七時、栗山元次官が部屋に入ってきた。第二次大戦以降、外務省には数多くの次官がいた。その中で「最も影響力のあった次官を三名あげろ」というと、栗山は必ず入る。

栗山が「ご無沙汰いたしています。今日はお招きいただきまして、ありがとうございます」と挨拶した。

部屋には、加賀と栗山のほか、女将と仲居の四名だけである。

五菱商事は栗山が次官時代、彼に頻繁に見解を聞いていた。

五菱商事は商事会社の雄だけあって、情報の価値を知っていた。どんな機微な情報を与えても、「栗山がしゃべった」という形で社外に漏れることはなかった。その意味では彼は五菱商事を信頼していた。

加賀は単刀直入に本題に入った。

読売新聞の「社説・尖閣問題を紛争のタネにするな」を渡して、「どうですか?」と聞いた。

栗山は「これはその当時の私たちの認識と同じです」と答えた。

加賀の問いが続いた。

「あなたは棚上げという方式をどう評価していますか?」

栗山は躊躇なく答えた。

「私は『棚上げ方式は紛争の悪化を防止し、沈静化させるための有効な手段』と思っています」

加賀は、栗山が平然と現在の外務省の方針と異なる見解を述べるのに驚いた。

「それ、今の外務省の方針と違うじゃないですか」

「そのとおりです。現役には現役の考えがあるでしょうから」

加賀はたたみかけて、聞いた。

「あなたは一九七二年の日中交渉の時の条約課長でいらっしゃいます。最も事情に通じた人と思いますが、周恩来《ヂョウエンライ》首相と田中角栄首相との会談で棚上げの合意があったのですか？」

栗山はなんら動じることなく答えた。

「私は棚上げの暗黙の了解が首脳レベルで成立したと理解しています」

加賀はさらに続けた。

「では一九七八年、日中平和友好条約の時に、鄧小平《トンシャオピン》副首相と園田外務大臣が話した時はどうだったのですか？」

栗山はよどみなく答えた。

「鄧小平副首相は『このような問題については、後で落ち着いて討論し、双方とも受け入れられる方法を探し出せばよい。今の世代が方法を探し出せなければ、次の世代が探し出すだろう』と述べたと理解しています。ですから七二年の国交正常化時の尖閣問題棚上げの暗黙の了解は、七八年の平和友好条約締結に際して再確認されたと考えるべきであろうと判断しています」

加賀はすっかり驚いた。

現在の政府の見解や、外務省の見解と全く異なることを栗山は平然と述べている。

加賀はいぶかるように質問した。

「栗山さん。あなた、自分の判断をいつか公表する考えはないのですか。こんな重大なことを沈黙しているのは問題ではないでしょうか？」

栗山はその質問も当然という顔をして答えた。

「そのうち、発言します」

加賀は「戦後、最も影響力のあった次官を三名あげろ」と問われた時に、栗山が常に入っているのが分かったような気がした。彼の静かだが決然たる態度を見て、そう感じた。

尖閣問題棚上げの暗黙の了解があったかなかったかは、極めて重要な問題である。加賀は栗山発言をどの程度信用していいか、少し迷った。

加賀は戦前、海軍の経理将校だった。外務省の柳谷謙介元次官も戦争中は軍にいた。その縁もあって、加賀は柳谷との付き合いが長い。その柳谷は最近、歩行が困難になった。食事を一緒にというのが難しい。それで電話をかけた。

「昨日、栗山さんと会いました。栗山さんは尖閣問題棚上げの暗黙の了解があったと話してくれました。近く、この見解を世に問うと言っていました。柳谷さん、どう考えたらいいですか?」

「そうですか。栗山君はそこまで言ってくれましたか。現役の外務省幹部は文句を言うでしょう。尖閣問題棚上げの暗黙の了解があったというのは私たちの了解でした」

加賀は驚いた。元外務次官の二人が、「尖閣問題棚上げの暗黙の了解があった」と言っている。

どこでどう変わったのか。

「尖閣問題棚上げの暗黙の了解があった」ということを否定することは日中の友好にプラスではない。

では、誰が利益を得るか。これを突き止めることが一番必要であった。

レストラン「エリオ」

小松に、西京寺が「夕食一緒にしない？」と電話をかけてきた。なぐさめてもらったお礼だという。

小松が一番町に住んでいるのでと、麴町のレストラン「エリオ」を推薦してきた。
「エリオ」には「ジョルジオ・アルマーニが通った店」という宣伝文句がある。外国人客の比率が高い。景気がそんなにいいはずはないが、二人が出かけた八月二十一日は、店内は満席だった。まず、シャンパンを軽く飲んだ。贅沢な店だが、無理をすれば、小松や西京寺が来られない店ではない。

「どう？　移ってからは」と小松が聞いた。

「坂本統括官はすぐに国際情報統括官組織の説明をしてくれたよ。岡崎局長がいた情報調査局の時代が最も輝いていたのではないかって言っていた。知らなかったけど、組織が局に昇格した時には『外務省は複眼的情報分析をする』が設立のキャッチフレーズだったんだ。

当時のソ連課や中国課も当然情報分析するけれど、どうしても政策を実施するのに都合のいい分析をする。それは危険だということで『複眼的情報分析』をしていたんだ。そういう分析をすれば、ソ連課や中国課は面白くない。孫崎分析課長は、ソ連課長や中国課長にしょっちゅう電話で怒鳴られていたらしい」

「あなたにピッタリな所じゃない」

「と、坂本統括官も言ってた」

西京寺にはボルドーの赤は重い。イタリアワインの方が飲み心地がよかった。

小松が一冊の本を取り出した。中野孝次著『清貧の思想』(文春文庫)だ。

「どうしたの？」

「朝日新聞の芦原さんっていう記者があなたにどうぞ、だって」

「奈緒子さん、この本の内容知ってるの？」

「芦原記者にいただいたのをつまみ食い」

「どんなことが書いてある？」

「じゃあ、一番いいとこ読んであげようか」

彼女は、西京寺に渡した本を取り戻して読み始めた。

「日本には物作りとか金儲けとか、現世の富貴《ふうき》や栄達を追求する者ばかりではなく、それ以外にひたすら心の世界を重んじる文化の伝統がある。ワーズワースの『低く暮し、高く思う』という詩句のように、現世での生存は能《あた》うかぎり簡素にして心を風雅の世界に遊ばせることを、人間としての最も高尚な生き方とする文化の伝統があったのだ。それは今の日本と日本人を見ていてはあまり感じられないかもしれないが、わたしはそれこそが日本の最も誇りうる文化であると信じる」

小松は続けて言った。

「そして中野は西行、兼好、光悦、芭蕉、池大雅、良寛などの生き方を紹介したの」

西京寺は信じられないという顔で、「この本、私にくれたの朝日の記者だったんでしょう？」

「そう。あなた、記者仲間じゃ有名なのよ。石川局長に『発言するのに十年早い』って言われたんだから。でもね。新聞記者って、みんな同じ悩みを持っているのよ。彼らはジャーナリストを選択した時に、誰よりも強く、『おかしいこと』を『おかしい』と発言するために入ってきたの。『正しいこと』を『正しい』と発言できない風潮が日本を覆い、声をあげればギシギシ摩擦を生ずる。その中でどう生きるべきかについて、どの職業の人よりも悩んでいると思うの。自分が悩んでいるから、他の組織で悩んでいる人が見えるのよ。

西京寺がギシギシ音を立てている。『ああ潰されるだろうな』と思って見ている。でも『潰されずに頑張ってくれないかな』という思いを持って見ている人もいるのよ。中野孝次の『清貧の思想』を贈るのはあなたに対するエールよ」

西京寺は小松になぐさめられ続けている。

二人は十時半に別れた。

彼は帰るやすぐに、『清貧の思想』を読んだ。

（本阿弥光悦など）本阿弥の一族にとっては何より大事なのはまず自己の自己に対する誠実であって、〔中略〕外に対する器用さよりは己れの心にたがうことを行うのを恐れる

また、中野は「ユク河ノナガレハ、絶《タ》エズシテ、シカモモトノ水ニアラズ」の書き出しで知られる鴨長明の『方丈記』を引用する。

事ヲ知《シ》リ、世ヲ知《シ》レレバ（事の道理を知り、世の現実を知っているので）、欲《ネガ》ハズ、趨《ワシ》ラズ（世俗の名利を求めず、そのために奔走しない）。タヾ、シヅカナルヲ望《ノゾミ》トシ、ウレヘ無キヲ楽シミトス。

（略）

夫《ソレ》、三界《サンガイ》ハ只《タダ》心ヒトツナリ。

心の持ちようで価値が逆転するということか。

次いで良寛の「生涯身を立つるに懶《ものう》く」を見た。

生涯　身を立つるに懶《ものう》く
騰々《とうとう》　天真に任《まか》す
嚢中《のうちゅう》　三升の米
炉辺《ろへん》　一束《いっそく》の薪《たきぎ》
誰か問わん　迷悟《めいご》の跡《あと》
何ぞ知らん　名利《みょうり》の塵《ちり》
夜雨　草庵の裡《うち》
雙脚《そうきゃく》　等閑《とうかん》に伸ばす

良寛においては、初めから腹いっぱい食べようとか生活を豊かにしようとか、ましてや立身出世しようというような願望はさらさらなかった。

「生涯　身を立つるに懶く
騰々　天真に任す」

西京寺は書を閉じた。

「本阿弥の一族にとっては何より大事なのはまず自己の自己に対する誠実であって、外に対する器用さよりは己れの心にたがうことを行うのを恐れる」。この文句が焼き付いた。

日本文化には「自己の自己に対する誠実」を求める伝統があったのだ。

帝国ホテル「インペリアルラウンジアクア」

西京寺は「石原知事の東京都による尖閣諸島購入提案」は必ず中国の反発を招くと思っていた。しかし、どう中国が反応するか、正確なことは彼にも分からない。

小松に「新聞社では誰が中国の事情に詳しいとみているか聞いてほしい」と頼んだ。

新聞社は自ら特派員を置いている。当然、特派員は自らを一番の事情通と思って仕事をしている。

一人の男の名が浮かんできた。

近藤大介である。東京大学教育学部卒業、一九八九年に講談社入社。一九九五年から九六年まで北京大学留学、二〇〇九年から一二年七月まで講談社（北京）文化有限公司副総経理。中国のインテリ層に大変な食い込みをしていると言われていた。

八月二十四日、西京寺は近藤を帝国ホテルの「インペリアルラウンジアクア」に招いた。ここでは、午後の時間帯は日比谷公園の緑を眺めながら、英国式アフタヌーンティーを味わえる。

近藤は「あなたは北戴河《ベイダイハー》のことをどれくらい知っていますか?」と聞いてきた。

西京寺は「今後の人事を決める大変重要な会議だと承知しています。特に今年は次の国家主席や首相を決める極めて大事な時期と理解しています」と答えた。

毛沢東《マオツォートン》は水泳好きであった。

毛沢東は夏、河北省の海岸の避暑地、北戴河の別荘地に来て泳ぐのを習慣としていた。次第に党の要人が、毛沢東のいる夏の時期に北戴河に集まり会議をするようになった。多くの中国要人はここに別荘を持った。林彪《リンピャオ》が一九七一年九月十三日のクーデター発覚後、ソ連に逃げようとした時も、北戴河の飛行場からだった。

林彪はここに豪勢な別荘を持っていた。渤海湾を見下ろす山の中腹にあった。大きな深いプールを備え、海からプールまで延々パイプラインが敷かれ、海水をポンプアップする仕掛けになっていた。豪勢な建物には、家族や秘書、運転手やコックの部屋まで備えられていた。

要人が集まれば、自然に会議が持たれる。北戴河会議はいつの間にか、最も重要な会議になってきた。

この会議は中国共産党大会の前には特に重要になる。

中国は五年に一度共産党大会を開いて今後五年の指導者を決めるが、公式の共産党大会の前、北戴河会議で人事を決めておく。

二〇一二年、これまでの胡錦濤《フーチンタオ》国家主席、温家宝《ウェンチァパオ》首相が退任する。同年の党大会の日程と議事内容は、その前に八月の北戴河会議で決定する。

国家主席や首相のポストは一度だけ再選が認められる。二〇一二年に選ばれた指導者は最大で十年間指導者の座に就く。二〇一二年の北戴河会議は十年間の中国最高指導者を選出することとなる。

西京寺はこれらの基本的知識を近藤に示した。彼の試験を受けているような気持ちである。

近藤はすまなそうに、でもうれしそうな顔で、「北戴河の重要性まで分かっている人は少ないのです。すみません。失礼な質問をして」と言って、説明を始めた。

「中国を論ずる時には、『権力闘争からの視点』が何よりも重要です。民主主義のない中国においては、中南海（紫禁城の西側に隣接する地区。一九四九年以後、中南海には中国共産党本部と中華人民共和国国務院が置かれ、毛沢東、周恩来《ヂョウエンライ》、鄧小平《トンシャオピン》ら党や政府の要人の居住区として整備されてきた。中国政府や党首脳部を指す換喩として用いられる）の人々は『権力闘争が職業』と言っても過言でないと思います。この人たちが体制をめぐって、激しい権力闘争を開始したのです。

今、中国には三つの派閥があります。『上海閥（上海勤務経験者）』『団派（中国共産主義青年団出身）』『太子党（革命元老の子弟）』です。お互いに重なり合っていることもあります。

団派の親分が胡錦濤国家主席でした。彼は、完全に引退する代わりに最高権力を持つ常務委員の過半数を持とうとした。これに江沢民《チアンツォーミン》元国家主席の上海閥がかみついたのです。この争いの中で、日本問題が闘争の道具に使われた」

ここから、近藤は日中問題がどのように権力闘争に使われたかを説明した。

「胡錦濤は『親日派』に属していた。彼が初めて主催した対外行事が『三千名の日中青年交流事業』だった。他方、江沢民はごりごりの反日派だった。そこで、江沢民一派が目を付けたのは『胡錦濤派は親日である』というレッテルを張ることでした。中国の正当性は『抗日戦争に勝利して建国した』ことです。ですから『親日派』というレッテルは『売国奴』と呼ばれるに等しい。中国では熾烈な権力闘争が行われていて、その時には日本問題が闘争の火種として利用されているということを、日本人はほとんど知らないのです」

近藤はとても柔らかな話し方をする。しかし、中国の権力闘争の話になると目がきらきら光る。西京寺は「詳しい事情がよく分かりました。また、教えてください」と丁寧にお礼を言って別れた。

ウラジオストク

ウラジオストク市は沿海地方南部のピョートル大帝湾の南に位置する港町である。不凍港でソ連時代、最も重要な軍港であった。したがって長い間、外国には閉ざされていた。

市は絶景に恵まれていて、「ロシアのサンフランシスコ」と呼称されているほどだ。二〇一二年に建設された、斜張橋では世界最長のルースキー島連絡橋があり、その先にルースキー島がある。湾を一望する素晴らしい景色が広がる所だ。

二〇一二年九月、ロシアで初めてのＡＰＥＣ首脳会議がこの島で開催された。会議が始まる直前、野田首相と胡錦濤《フーチンタオ》国家主席は立ち話を十五分ほどした。

胡錦濤は真剣である。日中関係の処理によっては、これから共産党大会で討議する人事にも深刻な影響を与える。

彼は真剣なまなざしで、野田首相に訴えた。

「今、中日関係は釣魚島問題で厳しい局面を迎えている。釣魚島問題に関して、中国の立場は一貫しており、明確だ。日本がいかなる方法で釣魚島を買おうと、それは不法であり、（購入しても）無効である。

中国は（日本政府が）島を購入することに断固反対する。中国政府の領土主権を守る立場は絶対に揺るがない。日本は事態の重大さを十分に認識し、間違った決定を絶対にしないようにしなければならない。中国と同じように中日関係の発展を守るという大局に立たねばならない」

胡錦濤は沈痛な面持ちで「釣魚島の国有化だけはやめてくれ」と訴えた。

しかし、この訴えは野田首相には届かなかった。

「中国の発展は、わが国や地域社会にはチャンスで、戦略的互恵関係を深化させていきたい。現下の日中関係についても大局的観点から対応したい」と通り一遍の答えをしている。

日中関係に精通している者は野田首相近辺に警告を行っている。その中に近藤大介も入っていた。近藤は八月下旬、首相官邸で外交安全保障を担当する者に次の進言をした。

「中国人は常に『低線（ボトムライン）』を敷いて外交を考えます。相手がこの『低線』を超えると、中国側は相手を完全な敵対関係とみなし、後戻りが利かなくなるのです。

今の中国にとって『低線』は日本による尖閣諸島の国有化です。野田首相が尖閣諸島の国有化に踏み切れば、一九三〇年代の日中戦争の時代に逆戻りするかもしれません」

残念ながら、外務省には、野田首相に直言する人物は現れなかった。と言うと、正確でない。「『現役の外務官僚の中に』野田首相に直言する人物は現れなかった」と言うのが正確である。

この時期、外務副大臣に山口壯衆議院議員がいた。

山口はもともと外務官僚である。在中国大使館勤務をしていたこともある。時の外務大臣玄葉光一郎の側近をもって任じていた。彼は八月末中国に渡り、中国側と面談している。この結果を踏まえ、野田首相、玄葉外相はもちろん、藤村修官房長官に国有化の時期をずらすことを訴えている。

彼は二〇一〇年の中国漁船衝突事件の時に中国に入った。この時には中国外務省の知人から「山口さん、今年は、我々は矛を収めます。しかし、今度で終わりです。次に同じことが起こった時には、もう我々外務省はどうすることもできません。山口さん、それは絶対覚えておいてください」と警告を受けている。

今の日本は正しいことを言う者が評価されるわけではない。山口は十月の内閣改造で外務副大臣の座を去っている。

外交センスのない指導者を持つ悲劇である。

李明博《イミョンバク》韓国大統領が日本のある政治家に嘆いた。

「野田首相が韓国を訪問した時に『私は会議の参加以外で外国を訪れたことがない』と言ったんです。外国に行ったことのない人が日本の首相になるなんてびっくりしました。この国際化の時代に。それでよく外交できますね」

野田は松下政経塾の第一期生である。松下政経塾関係者が「彼、パスポート持ってたかな」と言うくらい、野田は外国音痴である。彼は国内派というより、船橋選出議員にとどまっている政治家だったのである。

彼が首相に選ばれる前、財務省や経済産業省、財界の評価は高かった。西京寺は幾度となく称賛の声を聞いた。しかし、それは「財務省、経済産業省、財界の言うままに動く人物」だと見透かされていいただけだ。

野田首相はウラジオストクから帰国した。そして、九月十日、尖閣諸島の国有化に関する関係閣僚会合を開き、それまで賃借であった魚釣島、南小島、北小島の三島を地権者より購入し正式に国有化するという方針を最終決定した。

それは日中関係緊迫化への新たなステップであった。

永田町「黒澤」

二〇一二年九月十日、中国外務省の洪磊《ホンレイ》副報道局長は、定例会見で厳しい口調で次のように述べた。

「日本のいかなる一方的な措置も不法かつ無効であり、中国は断固として反対する。我々は事態の推移を注意深く見ており、必要な措置を講じ、国家の主権を守る」

その日、楊《ヤン》外相は丹羽大使を招き、「日本側が一方的に購入するという行為は、不法で無効だ。日本側がとった誤った決定をすぐに取り消し、中国の主権を侵害する行為をやめるよう求める」と抗議した。

中国政府が尖閣国有化に反対の姿勢を示した。これは中国国民に対し、反日デモにゴーサインを出したと同様である。

九月十五日、中国各地でデモの規模が一気に拡大した。中国の五〇都市以上で反日デモが発生し、武装警察も投入された。

北京の日本大使館前には、日中国交正常化以降最大の規模となる二万人のデモ隊が押しかけた。規制用の鉄柵を突破して卵や石を投げつけた。日章旗を燃やした。デモ隊は暴徒化した。

江蘇省蘇州、陝西省西安、湖南省長沙ではそれぞれ一万人規模のデモが発生し、蘇州では暴徒たちが日系スーパー「蘇州泉屋百貨」の店舗を破壊して宝飾品などの商品を略奪した。西安ではトヨタ・カローラに乗っていた中国人が鉄製錠前で殴られ、意識不明に陥り半身不随の後遺症が残った。長沙では日系スーパー「平和堂」の二店舗で売り場全域が徹底的に破壊され、衣服、酒類、高級時計などの商品のほとんどが略奪された。

また、山東省青島でも数千人規模のデモ隊の一部が暴徒化し、日系スーパー「ジャスコ黄島店」のガラスを鉄パイプで破壊した後に商品を略奪。パナソニックとミツミ電機の工場やトヨタと日産自動車の販売店も襲撃し、徹底的に破壊した。

四川省成都でも「セブン-イレブン」三店が破壊・略奪された。

翌日には地方の中小都市を含む少なくとも一〇八の都市で反日デモが行われた。

広東省広州では一万人規模のデモが行われ、一部の暴徒たちが日本総領事館への侵入を企て、総領事館と同じ敷地にあるホテル「花園酒店」のロビーや日本食レストラン、日本車を破壊した。

この時期、ネットで物議をかもす映像が流れた。ドイツ自動車アウディ販売店の前で「日本人は皆殺しだ」と中国語で書かれた横断幕が掲げられたのだ。日本、米国、欧州が中国市場をめぐり激しい競争をしている中で、日中関係が緊迫することは、米国、欧州企業にとって、これほどうれしいことはない。

日中関係が危機的状況になってきた。西京寺はすぐ近藤大介に電話した。この危機的状況と中国内政がどう絡んでいるかを教えてもらうためである。

永田町に「黒澤」という店がある。映画「赤ひげ」を彷彿させる外観である。

黒澤明監督の成功の裏には、黒澤組と呼ばれるスタッフがいた。黒澤監督は食通で、料理にうるさいことで有名だった。「黒澤」はスタッフや娘さんなどの助言を得て、できるだけ黒澤監督の雰囲気を出そうとしている店である。

西京寺はここに近藤を招いた。

「この間、お教えいただいたことは大変勉強になりました。恐縮ですが、今回の暴動と、中国の権力闘争の関係を教えていただけませんか？」

近藤はゆっくり話し始めた。

「前回は、党大会を目指して、『上海閥』と『団派』、『太子党』が激しい闘争を繰り返していることをお話ししました。そして、『上海閥』の江沢民《チアンツォーミン》元国家主席が、主導権を握ろうとする胡錦《フーチン》濤《タオ》を『親日』であるとして攻撃していることをお話ししたと思います。

今回の野田首相の動きは、『上海閥』が胡錦濤を攻撃する材料をさらに与えました。

まず、反日デモが起こった時の、公安（警察）を統括していたのは周永康《ジョウヨンカン》です。周は序列で言うと九番目ですが、公安のトップですから、大変な権力を持っています。彼は薄熙来《ボーシーライ》事件（薄熙来は次期常務委員入りが確実視されていた有力政治家。側近が米国領事館に駆け込み亡命未遂事件を起こした。これに端を発して、薄の妻による英国人実業家殺害、一家の不正蓄財、女性問題が浮上し、薄は政治的に失脚した。この薄熙来は周永康と緊密な関係だった）で打撃を受けています。そこに野田首相の尖閣諸島国有化の動きが出ました。周にとっては劣勢を挽回する絶好の機会です。これを利用して胡錦濤を揺さぶりに出ました。本来、公安組織はデモを取り締まるところです。それが逆にデモを煽り、反日デモを後押ししたのです。

デモを政治に利用するのは中国では常套手段です。

古くは一九六〇年代の文化大革命があります。文化大革命の本質は、毛沢東《マオツォートン》が実質的権力を掌握していた劉少奇《リウシャオチー》を追い落とすことでした。同じように反日デモの本質は江沢民による胡錦濤追い落としだったのです。胡錦濤が推薦した李源潮《リーユエンチャオ》、劉延東《リュウイエンドン》、汪洋《ワンヤン》は親日派のレッテルを張られ、常務委員に相応しくないとされました。

常務委員というのは、中国で最も重要なポストです。いいですか。〝親日派〟ということで、このポストに就くのを外されたのですよ。

当面、中国が親日政策を出すことはありません。石原知事の尖閣問題発言の時に、丹羽大使が、『石原氏の尖閣諸島購入計画が実行されれば日中関係が極めて重大な危機に陥る。我々は過去数十年の努力がゼロになることを許せない』と言いましたよね。それが現実のものになったのです」

「黒澤」から地下鉄溜池山王駅までは歩いて二分もない。

西京寺は歩きながら考えていた。

「野田首相には、ウラジオストクで胡錦濤国家主席と話した尖閣問題が、中国首脳の人事を決定する上で極めて重要であったという認識はなかったに違いない。そして、国有化への行動で〝親日派〟の立場を極めて弱めたことも知らなかったに違いない。

中国の首脳がもう『親日』で動くことはない。中国の政治家はいかに日本に対して強硬に出るかを競い合うことになる」

西京寺は近藤大介に会うと、彼の情報が中国社会に深く根ざしたものであることを知らされる。

「どうして、彼のような見解を首相にしっかり叩き込むことができないのだろうか」と思った。

西京寺は日本の情報関係の一部局に属している。そして日本の情報組織のありように思いをはせる。

「必要な情報はあるのだ。問題は情報の価値を分かる人間が必要な場所にいるか否かだ。そして少々首相の不機嫌を買ってでも必要なことを言える体制が持てるかだ」

外務省の対米従属はひどい。なんでも米国の言うとおりになっている。

外務省の組織で独自に情報を取り、判断し、政府首脳に提示する機能がめっきり低下している。

国際情報統括官室（3）

西京寺は坂本統括官の部屋をノックした。局長付に客が誰もいないことを確かめているので、そのまま部屋に入った。

彼は近藤大介の分析を紹介した。坂本は近藤の分析を高く評価している。近藤が中国のインテリ層に食い込んでいる点では日本有数だ。

坂本は自分が首相に直接説明をできれば、どんなにか首相のためになるかを知っていた。

「もし自分が直接会って、中国の権力闘争と尖閣諸島の関係について説明できていたら、野田首相はこんなひどい選択はしなかったであろう」という忸怩《じくじ》たる思いがある。

国際情勢について、首相に説明する立場の人間は二人いる。一人は内閣調査室長だ。もう一人は外務次官である。しかし、この二人では不十分であることは自明だ。外務次官は外務省が行う政策の説明で手一杯で、内閣調査室長は外国滞在経験がほとんどない。外国に住み、外国人と話し、外国人と一緒に問題に取り組んだ経験のない人に「外国の情勢を理解しろ」と言っても所詮無理である。

ＭＩ６（英国情報局秘密情報部）の長官、ジョン・ソワーズを見ればいい。大学では物理と哲学を専攻、趣味は演劇、ハイキング、テニス、自転車で、シリア、イエメン、南アフリカ、米国、エジプト、国連などで勤務した。多岐にわたる活動をしてきた者にしか、国際政治を深く洞察することはできないのである。

日本ではそのような人材はつくれない。

その中で一番いいのは、内閣調査室長と防衛省情報本部長と外務省の国際情報統括官の三名がそろって出かけて説明することである。

一九九〇年代末、孫崎国際情報局長の時に数回、橋本首相に実施したと聞いている。しかし、内閣調査室長は嫌がり、すぐにこれをやめた。防衛省情報本部長や外務省国際情報局長の前では、自分の報告する内容がいかに寄せ集めの取るに足らないものであるかがばれてしまうからだ。

坂本統括官は西京寺に、加賀五菱商事元副社長と栗山元次官の話の内容を教えた。

坂本は、「周恩来《ヂョウエンライ》首相と田中首相との間で、また、鄧小平《トンシャオピン》副首相と園田外務大臣との間でどのような話があったのか、今知っている人はほとんどいないんだよ」と嘆いた。

彼はさらに栗山が加賀に言った言葉を紹介した。

「棚上げ方式は紛争の悪化を防止し、沈静化させるための有効な手段となりうる」

今、日本政府は、棚上げの合意があったという歴史的事実すらないと言っている。まして、棚上げというのが有効な手段だと言う人はほとんどいない。

しかし、栗山元次官は異なった見解を持っていたのだ。

それにしても、なぜ日本は、「紛争の悪化を防止し、さらには沈静化させるための有効な手段」を捨てたのであろうか。

紛争を悪化させて日本が利益を得ることはない。日本がいかなる手段をとっても、国際的に日本の立場が強くなることはない。中国が尖閣諸島をあきらめることもない。それなのに緊張を高め、結果、日本の輸出は激減した。

なぜ自ら損をする政策を選択するのだろう。

昔はそうではなかった。田中角栄首相や園田外務大臣の時は違った。

日本はなぜ、そんな選択をするようになったのだろう。

米国・ワシントンのヘリテージ財団（2）

ヘリテージ財団のブルース・クリングナー上級研究員（東アジア担当）は、財団の会議室にCIA（中央情報局）、DIA（国防情報局）など諜報機関の面々を集めた。国務省の日本部の人間も参加した。クリングナーは日本流に言えば部長と言っていい。特別ゲストとしてメイ教授も招待した。

日本ではCIAはよく聞くがDIAが言及されることはあまりない。しかし、そのスタッフは約一万六千名である。秘密活動部隊も持っている。

CIAやDIAは人的交流も活発である。クリングナー自身、CIAとDIAの双方で勤務した経験を持つ。彼はテコンドー三段の格闘家でもある。単なる軟弱な学者タイプではない。工作分野に関与してきた可能性が高い。

「尖閣諸島をめぐる日中の緊張をどのように評価すべきか」、いわゆる諜報機関の面々の中で認識を共有しようということになった。

まず、主催者のクリングナーが口火を切った。

「尖閣諸島問題では日中間の緊張が起こっている。これはまさに我々の狙いどおりの現象だ。私は昔から前原議員と知り合いだが、今日の緊張をつくってくれたことに関しては、前原氏が国土交通大臣の時に、タイミングよく漁船衝突事件に誘導した功績が大きい」

すぐに「そうだ、そうだ。前原氏の貢献は最大級だ。マーク、ちゃんとそれに報いてあげているか?」との声が飛んだ。マークはCIAの職員である。

クリングナーは「ありがとう」と言って続けた。

「さらに言えば、今春、わがヘリテージ財団で石原知事が『東京都で尖閣諸島を購入する』というアイディアを出してくれたのがよかった。これにはメイ教授の尽力も大きい。感謝したい。二〇一二年十二月十六日、衆議院選挙がある。もう民主党が大敗して、自民党が政権を取るのは確実だ。その時には保守系の者に首相になってもらう。ＣＩＡ、本当によくやったよ」

　マークが言った。

「まぁ、民主党に食い込ませていたからな。前原、野田、菅がクーデターをやったようなものだよ。特捜部と新聞社が援護射撃した。日本国民を誘導するって、易しいからね」

　クリングナーはマークにウインクしながら続けた。

「谷垣総裁はリベラル色を持っていた。彼が、完全に米国に追随するか疑問があった。だから、自民党総裁選挙の直前に谷垣氏を候補から降ろさせた。後は、安倍元首相、石原幹事長、石破前政調会長、町村元内閣官房長官、林政調会長代理の誰が出てきても問題ない。今、日本国民は尖閣諸島の問題で興奮している。新しい保守派首相の就任と中国への反発は、我々にとって大変によい環境をつくっている。

　今日は情勢分析と、今後日本にどう働きかけていけばよいかを協議したい。メイ教授、自民党の総裁選挙はどうなるでしょう」

　メイ教授は自信たっぷりに「安倍になります」と述べた。

　メイが日本の政治家に「会えますか」と言うと、不思議に日本の政治家は尻尾を振る。みんな、極秘情報の披瀝《ひれき》を競う。あたかもメイに認めてもらうと、「首相や大臣のポストが転がり込んでくる」と思っているかのようだ。

　クリングナーは「自民党総裁は誰になっても大丈夫なようになっているから、この問題はこれまでにして、『日本の反中ムードはこのまま継続してくれるか』について意見交換したいと思う。

マーク、あなたの見解は？」

「大丈夫です。尖閣問題で火が点いている間は、日本人の中で反中感情は燃え上がります。日本の中で『尖閣諸島は日本固有の領土である。一ミリたりとも譲らない』という論調を続ければいいのです。安倍元首相も、石原幹事長も石破前政調会長も、この点でなんの問題もありません。大手マスコミ、NHK等のテレビ局、読売、朝日、日経これらは皆、『日本固有論』を展開しています。棚上げを言う政治家や評論家はほとんどいません。

一部にいますが、所詮一匹狼です。こういう人が大手マスコミに出てきた時に、必ずこのマスコミに『なんで極論を吐く人を使うのか。なぜ政府方針と違うことを言う人を使うのか』と圧力をかければ、大手マスコミは彼らを使いません。それでも続ける人がいれば人物破壊で始末するだけです。『金』と『女』、このどこかに弱点がないか調べていきます。この二つを追っかければ、どこかで捕まります。マスコミには人物破壊を行えるよう手を打ってあります」


国際的にみると、情報機関が女性の問題で重要な人物を追い詰めるケースが続いた。

一番は、ジュリアン・アサンジであろう。彼はウィキリークスの組織を立ち上げ、二〇一〇年十一月より一三万点以上の米国の機密文書を公開した。『タイム』誌の二〇一〇年「パーソン・オブ・ザ・イヤー」でアサンジは読者投票部門の一位に選ばれた。しかし、米国としては、米国大使館が発信した電報を暴露し、米国の権威を貶めた人物を許すわけにはいかない。

アサンジはスウェーデンに滞在中、女性支援者の家に宿泊した。この時、「寝ている相手に性行為をした」という性的暴行や「合意に反してコンドームによる避妊を行わなかった」などで訴えられた。「え？」と思う容疑である。

問題は、この裁判がどうなるかではない。この裁判のためにアサンジがスウェーデンに行くと、犯罪人引渡し条約で、スウェーデンはアサンジの身柄を米国に引き渡す可能性が高い。彼は身柄拘束を避けるため在英エクアドル大使館に逃げ込んだ。結局、アサンジを中心とするウィキリークスの活動はすっかり止まった。

次にストロス・カーン事件がある。

ストロス・カーンは二〇一二年、フランス大統領選挙において、米国との協調路線を推進するサルコジ大統領を破り、大統領に選ばれる可能性が高かった。

彼はＩＭＦ（国際通貨基金）の専務理事であった。ここでは「ドルの世界通貨としての地位に代わるものを見つけるべきだ」と主張していた。米国にとって許容の域を超えた。

ストロス・カーンは二〇一一年五月十四日、訪問先のニューヨーク市のホテルで清掃作業員の女性に性的暴行を与えたと訴えられた。その後、清掃作業員が暴力団とつながっていることが分かり、事件はうやむやになったが、この事件で、彼はフランス大統領の立候補を取り下げた。

女性問題は人物破壊を行う一番有効な手段である。

クリングナーは「どうですか？　マークの発言は」と聞くと皆、満足そうにうなずいている。

誰かが言った。

「『週刊新潮』と『週刊文春』はいい仕事をしています」

すかさず、別の人間が言った。

「読売新聞の貢献に比べれば、足元にも及ばないよ」

笑いと拍手が起きた。

クリングナーは皆を見回して「最後の課題は、この状況を踏まえて日本に何をさせるかについて意見交換したい。まず国防省から今、日本に何をしてほしいか述べてください」と意見を求めた。

国防省と国務省からの出席者は必ずしも諜報機関のメンバーではない。ただ、今回の会議は対日関係者の間で共通の認識を持っておくことが重要なので出席している。

国防省の人間が次のように述べた。

「我々が今後日本にさせることは次のようなことです。第一に、日本が防衛費を増やすこと。それもF‐35やイージス艦など米軍と一体となって運用できる装備を買わせること。第二に、日本の法的体系を直して、自衛隊を中近東などで米国と一体となって戦える軍にすること。第三に、普天間基地を辺野古へ移転するように圧力をかけること。

以上が我々が重視しているポイント三つです。尖閣問題で日本人が燃え上がっていますから、焚き付けることは簡単です」

クリングナーは国務省の代表に向けて聞いた。

「国防省の意見について何かコメントはありませんか？」

国務省の代表は「現在、我々は国防省の要請を実現させることを、最も重視しています。特に問題ありません」と答えた。

皆、メイ教授の方を向いて、称賛の言葉を浴びせた。

「あなたは本当にいい仕事をしています」

「今、日本の政界や財界やマスコミに、あなたほど食い込んでいる人はいません」

「あなたはすごいよ。民主党にも自民党にも双方にすっかり食い込んでいる」

「安倍首相が登場すると、ますますあなたのチャネルが生きてきますね」

かつてCIAが議会で「あなたたちは巨額の資金をスパイに使って、費用に見合う仕事をしたのか」と厳しく追及されたことがある。

その時、CIAは胸を張って答えた。

「日本を見てくれ。我々の工作に成功した具体例を見てくれ。日本は今やすっかりわが国の言うとおりに動く国になった。どれだけ米国はこれで利益を得ているか」

二〇一三年四月十三日現在で、各国の米国債保有額は、億ドル単位で次のようになっている。

中国：一二六四九、日本：一一〇〇三、英国：一六三四、ドイツ：六四〇。

米国にとって日本は絶好のカモである。ドイツの二十倍もの額の米国債を買わせている。米国にとって召し上げた金である。

考えてみればいい。日本の自動車などの輸出を一〇〇とする。ここで米国は一〇〇の価値を手に入れた。その見返りに一〇〇に相当するお金を支払う。しかし、日本の経済を不景気にしておけば、日本の企業はこの一〇〇の資金の運用を米国でする。日本に払った一〇〇は米国に戻ってくる。

運用の利子を年二〜三%とする。日本は一〇〇を輸出するために労働者が働き、資材を外国から輸入する。実質的見返りは利子の年二〜三%だ。輸出すればするほど、日本が衰退するシステムがつくられている。

もっとも、この知恵は英国が植民地インドに使った手段である。

もちろん、日本の中に、こうしたシステムに我慢ができないと思う政治家が時に出る。その一人が橋本龍太郎元首相である。

一九九七年六月、橋本首相はコロンビア大学で講演した。ここで、橋本は、「米国債を売ろうという誘惑に駆られたことはある」と述べた。翌年八月、橋本内閣は崩壊している。

橋本が首相を辞した後、汚職問題が起こった。日本歯科医師連盟が、橋本派議員に巨額の小切手を渡した事件である。この事件を契機に、橋本は議員を辞めた。二〇〇六年七月、腸管虚血で死亡したが、遺体は病理解剖に付された。

本当に、日本の検察は節目節目で、対米自主派を潰してきている。

第三章　歴史の探訪

ウスリー川のダマンスキー島（珍宝島《チェンバオダオ》）

栗山元次官は尖閣諸島問題について、現在の政府の方針と異なり、「日中首脳間で棚上げの暗黙の了解があった」と述べた。

西京寺はこれを坂本統括官から聞いた。

西京寺は坂本に「この当時のことをもっと調べてみたい、誰か紹介してください」と頼んだ。

坂本は元駐広州総領事の田熊利忠を紹介した。

日本の政治家に高碕達之助という人物がいる。一九四二年、満州重工業開発総裁に就任した戦前からの政治家である。戦後、鳩山一郎内閣の経済審議庁（企画庁）長官、岸信介内閣の通産大臣を務めている。

この高碕達之助が戦後の日中関係の基礎をつくる。

一九五五年四月、アジア・アフリカ会議がインドネシアのバンドンで開かれた。バンドン会議はインド首相ネルー、インドネシア大統領スカルノ、中華人民共和国首相周恩来《ギョウエンライ》、エジプト大統領ナセルと、錚々たるメンバーが出ている。この会議で「すべての国の主権と領土保全を尊重」「内政不干渉」「集団的防衛を大国の特定の利益のために利用しない」ことなどを決めた。米国、ソ連双方にとって嫌な動きであった。

で、この出席者はその後どうなったか。

ネルーは一九六四年、首相在任中に心臓発作により死去した。満七十四歳だ。

ナセルは一九七〇年、大統領の時に心臓発作により、五十二歳の若さで急死した。

スカルノは、陸軍、イスラム教系諸団体、学生団体などによるスカルノ糾弾の街頭行動が活発化し、辞任要求の圧力が高まったことで、一九六七年退任に追い込まれた。インドネシア全土を巻き込んだ共産主義者一掃キャンペーンに、米国政府とCIAが関与している。

こういう会議だから、日本の参加は微妙である。

高碕達之助経済審議庁長官が鳩山首相の代理で日本政府代表として出席した。

高碕はここで、周恩来首相と会談する。彼は周恩来に次の提案をする。「現在日本は米国によって指導されているので、日本政府は必ずしも貴国政府の希望されるようにはならない。そこで、少しでも両国関係を改善させるために、まず貿易を行いたい」

一九六二年になり、高碕は中国を訪問し、廖承志《リャオチョンジー》との間で日中総合貿易（LT貿易）に関する覚え書きに調印した。そして「両国は政治の体制を異にするけれども互いに相手の立場を尊重して、相侵さない」という原則を附属文書で確認した。

高碕達之助は日中国交回復の影の立役者である。


元駐広州総領事の田熊は一九六六年、北京の高碕連絡事務所に出向した。だから日中国交回復の歴史には詳しい。坂本統括官は分析課首席事務官の時に田熊と一緒に仕事をした。役職では一応、坂本首席事務官の方が上であるが、田熊はそんなことに無頓着である。一度は坂本の分析がいいかげんだとして、「毛沢東曰く、調査なくして発言権なし」と厳しく諌めた。

西京寺は田熊をグランドアーク半蔵門に招いた。グランドアーク半蔵門は警察共済組合が経営しているホテルで、ここのフレンチ・レストラン「パティオ」は帝国ホテルが運営する。ガラス越しに国立劇場の庭を借景にしているため、広々とした印象を与える。ビーフカレーやシーフードカレー等が一五〇〇円と手頃である。何よりもいいのはどれだけ長くいても嫌な顔をされないことだ。コーヒーを頼んでいれば、何度もお代わりを足してくれる。

西京寺は勢い込んで田熊に「棚上げの合意はあると思いますか？　ないと思いますか？」と聞いた。

田熊は中国の大人《たいじん》の風情である。彼は「今日は時間がありますか？」と西京寺に聞いた上で「棚上げの合意があるかないか」ということより、なぜこの考え方が出てきたかを理解してもらう必要があるとして、説明を始めた。

「尖閣諸島の問題を理解するためには中ソ国境紛争を知る必要があります。中ソ国境紛争については大体知っていますね？」

西京寺はうなずいた。

一九六九年三月二日、十五日にアムール川（中国語名は黒竜江《ヘイロンチアン》）の支流ウスリー川の中洲であるダマンスキー島（中国語名は珍宝島）の領有権をめぐって中国とソ連の間で軍事衝突が発生した。三月二日の衝突では中ソ双方で約四〇名の死者が出た。

紛争の元になったダマンスキー島は長さ約一七〇〇メートル、幅約五〇〇メートルの小さな島である。

「では、この軍事紛争はどちらが仕掛けたと思いますか」と田熊が聞いた。

「中ソ双方とも相手が仕掛けたと言っていると思います」と西京寺は答えた。

田熊は「私はね、この紛争は中国側が仕掛けたと思います」と述べた。

「国境河川の境界線は大体、川の中央です。ダマンスキー島はこの中央線から中国の方に入った位置にあります。ここを長年ソ連が管理していた。中央線から中国側に入った場所にあるから、中国が『自分のもの』と主張するにはある程度の理屈があった。ここから中国の中に『寸土といえども争うべし』という考えが出てきたのです」

田熊は西京寺を見やって、「日本の政治家が『尖閣は間違いなく、歴史的にも国際法的にも日本固有の領土。一ミリたりとも譲る考えはない』と述べているのと同じですね」と笑みを浮かべながら述べた。

田熊はさらに続けた。

「確かに、中国側にはダマンスキー島を自分の島だと主張する根拠はある。だからといって武力行使をしていいというものではない。問題はなぜこの時期に中国が武力行使したかである。西京寺さん、なぜ中国がこの時期に武力行使をしたか分かりますか」

西京寺は分からない。「分かりません」と素直に答えた。

「それは中国の内政と深く関係しているのです。文化大革命と共産党大会です。

文化大革命はさまざまな側面を持ちます。文化大革命の前、中国では、実権は毛沢東《マオツォートン》ではなく、劉少奇《リウシャオチー》や鄧小平《トンシャオピン》などが握っていた。それで毛沢東が大衆運動を利用して、実権派を粛清したのです。クーデターです。

その仕上げが一九六九年四月一日から開催された共産党第九回全国代表大会です。共産党大会はなんと十三年ぶりに開催された。ここで劉少奇や鄧小平などかつて実権を握っていたグループを修正主義というレッテルを張って駆逐した。毛沢東や林彪《リンピャオ》はソ連を修正主義の代表として叩いていました。そういった状況の中で『わが国固有の領土は一ミリたりとも譲らない。そのためには戦争も辞さない』という姿勢をとることが有利だったのです。

中ソ国境紛争はこの共産党第九回全国代表大会の一カ月前に起こっています。そして大会で林彪が毛沢東の後継者に指名されました。大会を乗り切るには危機をつくり出すことが望ましかったのです。当時国防部長の地位にあった林彪が意識的につくった事件といえます」

西京寺は田熊に中ソ国境紛争時のことを詳細に尋ねた。

田熊はぼそっと言った。

「あの当時、日本は中国とソ連との間の交信を盗聴していたのです。一九八三年、大韓航空機撃墜事件の時に日本がソ連の交信を盗聴できていたことが世界に示されましたが、日本の盗聴能力はそれ以前にも当然ありましたよ。

中ソ双方は、お互い激しく口論していました。私たちはそれをつぶさに把握していました。ひょっとすると、中国の首脳やソ連の首脳よりも、中ソの罵り合いを詳細に知っていたかもしれません」

北京飛行場

弔問外交という言葉がある。元首などの死去に伴う葬儀で、各国要人が集まり、葬儀に参列する機会を利用して展開する外交である。

一九六九年九月十一日には奇妙な弔問外交が展開された。

初代ベトナム民主共和国主席であるホー・チ・ミンが同年九月に死亡した。ソ連のコスイギン首相がこの葬儀に出席した。そして帰途、コスイギン首相は北京空港に立ち寄り、ここで周恩《ヂョウエン》来《ライ》首相と会談したのである。

ダマンスキー島事件後、中ソ間の緊張は続いた。

一九六〇年代末には四三八〇キロメートルの長さの国境線の両側に、六五万八千人のソ連軍部隊と八一万四千人の中国人民解放軍部隊が対峙した。さらに核兵器を搭載したミサイルがいつでも撃てる状況になった。いつ、何を契機に中ソ間で大戦争に発展するか分からないような緊迫した情勢だった。

田熊は西京寺に向かって言った。

「西京寺さん、いいですか。ここに日中間の尖閣問題を棚上げにする意義が見えるのです」と言って、「どうです、ダマンスキー島で中ソが戦争を開始したら。当然だと思いますか？　何、馬鹿なことしてるんだと思いますか？」

西京寺は当然という顔で、「馬鹿げています」と答えた。

田熊はそうですという顔をして続けた。

「そうなんです。当事国以外は何を馬鹿なことをやっているのだと思います。しかし、当事国はそんな冷静さを失います。そして国民はいつの間にか『寸土といえども争うべし』になります。それを利用する政治家が現れます。北京放送はソ連に対し『核戦争も辞さず』と報道さえしています。わずか長さ一七〇〇メートルの島のために核戦争してもいいと言っているのです。

でも、中国、ソ連に幸いしたのは、双方に周恩来首相とコスイギン首相という冷静な指導者がいて、この危機を沈静化させたことです」

西京寺は、「ところで、田熊さん。北京空港でどのような会談が行われたか、具体的にご存じですか？」と聞いた。

田熊は書類を持ち出しながら、「ええ、我々は知っています。日中国交回復の交渉の時、周恩来首相が田中角栄首相に説明したのです」と答えた。

田熊の持っている書類には周恩来首相の発言が書かれていた。

「コスイギンがハノイにおけるホー・チ・ミンの葬儀の帰りに北京へ来たので、私はコスイギンと三時間会談した。当時、中ソ間に国境衝突があったので、私は手始めに国境問題を取り上げたいと言った。

中ソ国境に関し、中国側が提案したのは次の三点である。
(1)現状維持
(2)武力不行使
(3)論争のある地域の調整」
現状維持と武力不行使は尖閣問題における棚上げそのものである。

田熊は西京寺を見据えて言った。

「外務省にいるのなら、国のために働きなさい。自分が正しいと思うことをちゃんと主張しなさい。今、尖閣諸島の問題が起こっているでしょう。中ソ国境紛争の知恵を伝えるのが、あなた方、外務省員の責任ですよ」

そして思い出したように付け加えた。

「どこの国にもタカ派とハト派がいるんです。戦争しようと主張する人は中国にももちろんいます。林彪《リンピャオ》のように、緊張をつくることで、政治的な利益を得ようとする人は中国に今もいますよ。同時に、『戦争はばかばかしい。国家の発展には平和的環境が必要』という人もいます。後者と連携をとって、どのようにして平和を築くか、これが外交官の使命ですよ」

北京・人民大会堂（1）

一九七二年九月二十五日午後六時半、北京の天安門《ティエンアンメン》広場に面した人民大会堂で周恩来《ヂョウエンライ》首相主催の晩餐会が開かれた。客は田中角栄首相である。日中双方合わせ、この晩餐会には六百名が参加した。

大宴会場には「佐渡おけさ」と「金比羅船々」が流れた。「佐渡おけさ」は新潟県出身の田中首相のため、「金比羅船々」は香川県出身の大平正芳外務大臣のためである。田中首相はこの大歓迎ぶりに大いに満足をしている。

翌日より、国交正常化に向けて交渉が開始される。そして田中首相と周首相の間で尖閣諸島の問題が討議された。

田熊は次のように説明した。

「西京寺さん。今でこそ尖閣諸島が日中間で大きな問題になっていますが、この時には尖閣諸島の問題よりもはるかに重大な問題がいっぱいあったのです。一つは台湾の位置付けです。また、日中戦争の日本側の責任をどう位置付けるかという問題があります。日本が賠償を払うか否かの問題がある。さらに、日米安保条約の位置付けの問題がある。

こうした中で周恩来首相は『日中は大同を求め小異を克服すべきである』と発言します。これに対して、田中首相は『具体的問題については小異を捨てて、大同につくという周首相の考えに同調する』と発言します。

実はこの田中・周恩来会談の前に、日中ではさまざまなやりとりが水面下で行われていました。一気に国交回復に持っていくために、事前に日中がすり合わせをしていたのです。

いろんな人が出入りしましたが、竹入義勝公明党委員長が一番貢献したと思います。周首相は竹入に自分の考えを知らせていました。彼は『尖閣諸島には触れないようにしよう』と言ってきたのです。それで我々の方も『中国側が持ち出さないなら我々からも持ち出さない』という方針を決めていました。大平外務大臣の了承も取っていました。今は誰も言及しませんが、実質的に『棚上げにしておこう』という考えは、日本政府の基本方針だったのです。

これが、周首相が『日中は大同を求め小異を克服すべきである』と発言した背景です」

田熊の話は続く。

「ところが、第三回の首脳会談で田中首相が『尖閣諸島についてどう思うか?』と言い出しました。同席していた者は皆びっくりしました。事前に『尖閣諸島の問題は、日本側から持ち出さない』という基本方針があったわけですから。周首相は『尖閣諸島問題については、今回は話したくない。今、これを話すのはよくない』と発言します」

田熊はここで一息入れた。重大なことを言う準備をしている。

「いいですか。これまで日本側が発表しているのはここまでです。実はここから重要な発言があります。周首相が『今回は話したくない。今、これを話すのはよくない』と言った後、田中首相が次の言葉を発しています。

『それはそうだ。（今は）これ以上話す必要はない。また別の機会に話そう』

この発言の部分は国交正常化交渉に中国の顧問として深くかかわった張香山《チャンシィアンシャン》の回顧録に書いてあるのです。では日本側はどうなっているか。日本側の同席者が手書きで記した会談録の原本は現在、行方が分からなくなっている。一九八八年九月にタイプライターで打ち直した後、処分してしまったともいわれています。

おかしいと思いませんか。日本人の多くは『中国政府は嘘を言う政権』と思っています。しかし、日中首脳会談の事実を隠し、抹消しているのは日本の方です。もはや、真相を知っている人はほとんどいません。田中角栄首相はもちろん亡くなっています。大平外務大臣も亡くなっています。当時の関係者で生存している人はほとんどいません。

この中で、当時、条約課長として参加していた栗山氏の発言は極めて重要です。栗山氏が『棚上げの合意があった』と発言しているのは、実はとても重要なのです」

外務省には都合の悪いことは隠蔽する体質がある。北方領土問題もほとんど事実を発表していない。日米安全保障問題もそうだ。

発表していないということは、「外務省の見解に操作がある」ということを意味する。それが尖閣諸島問題にも該当しているのだ。

考えてみよう。

今の政府と外務省は「棚上げの合意がない」と言っている。元次官で一九七二年の日中国交回復時に条約課長として責任者であった人物が「棚上げがあった」と言っている。

齟齬《そご》がある。大変な問題だ。

尖閣問題は大変な問題だ。

では、マスコミはどうしているか。この矛盾を取り上げているか。――いない。

国会は取り上げているか。――いない。

なぜか。

栗山発言に頬かむりするつもりだ。

なぜ、政治家も、外務省も、マスコミも嘘をつき、嘘だと言われても放置するのか。

西京寺はこの問題に何か決め手がないか調べ始めた。田中首相も大平外務大臣も、もう死去してしまっている。当時、首脳会談に同席した橋本恕中国課長（後の駐中国大使）はかたくなに沈黙を守っている。

西京寺は大平正芳関連の文書を漁ってみた。中に『去華就實　聞き書き・大平正芳』（大平正芳記念財団）という本があった。そこに「橋本恕氏（元大平外相時代の中国課長）に聞く　日中国交正常化交渉」という項目があり、橋本は次のように述べている。

「周首相が『いよいよこれですべて終わりましたね』と言った。ところが『イヤ、まだ残ってぃる』と田中首相が持ち出したのが尖閣列島問題だった。周首相は『これを言い出したら、双方とも言うことがいっぱいあって、首脳会談はとてもじゃないが終わりませんよ。だから今回はこれは触れないでおきましょう』と言ったので、田中首相の方も『それはそうだ、じゃ、これは別の機会に』、ということで交渉はすべて終わったのです」

日中国交正常化交渉は尖閣諸島問題を棚上げにすることで決着がついたのだ。

北京・人民大会堂（2）

一九七八年八月、日本と中国は平和友好条約を結ぶ。

八月十日午後四時半、北京の人民大会堂で、園田直外相と鄧小平《トンシャオピン》副首相の会談が持たれた。

実はこの直前、尖閣諸島をめぐり日中の緊張が高まっていた。

同年四月十二日、中国漁船一〇八隻が魚釣島付近で操業していた。うち一六隻が領海内に侵入し、日本側が退去を求めたが動かなかった。中には「此地是中国領我們有権利此行作業」と書かれた物を示す船や銃を向ける者もいた。十五日には一四〇隻を確認した。事件が表面化し、上海市党委員会は党中央委員会の名で「撤退しない者は党籍除名にする」と通告し、ようやく収拾させるという事態が起きていたのだ。

西京寺は「田熊さん、園田直外相と鄧小平副首相の間ではどのような話し合いが持たれたのですか？」と尋ねた。

田熊は困ったように述べた。

「田中・周恩来《チョウエンライ》会談の内容については、日本側は一応公表しています。しかし、園田外相と鄧小平副首相の会談録は、日本側は発表していないのです。『棚上げの合意があるか否か』の一番重要な会談が、園田外相と鄧小平副首相会談です。

これについては日本側が公表していない。

不思議に思いませんか。私は、事実は事実としてしっかり知らせるべきだと思います。中国側の関係者は発表しています。ただね、この点については、園田外務大臣は自叙伝で詳しく書いています。それが一番信頼できるものではないでしょうか」

田熊は園田直著『世界日本愛』〔自家版〕の本を取り出した。西京寺は手に取って、読んだ。

「鄧副主席との会談で一番苦労したのは、尖閣列島の領有権を何時どういうタイミングでいい出すかという、その一点だけでした。

尖閣列島問題については、こんどの話しあいの中では持ち出すべきではない、というのが私の基本的な考え方でした。

〔中略〕

何故かといえば、尖閣列島は昔から日本固有の領土で、すでに実効支配をやっている。それをあえて日本のものだといえば、中国も体面上領有権を主張せざるをえない。

〔中略〕

そこで勇を鼓して、尖閣列島は古来わが国のもんで、この前のような〝偶発事件〟を起してもらっては困ると、こう言ったんだ。

鄧小平さんは、ニコニコ笑って両手を広げてね、

『この前のは偶発事件だ。〔中略〕もう絶対やらん、絶対やらん』

とね。

もう私そのときは天に祈るような気持で気が気じゃない。万が一にも鄧小平の口から、『日本のもんじゃない』とか『中国のもんだ』なんていう言葉が飛び出せばおしまいですからね。もう、こう身を固くしてね……そしたら、『いままでどおり、二十年でも三十年でも放っておけ』という。言葉を返せば日本が実効支配しているのだから、そのままにしておけといっているわけです。

で、それを淡々と言うたから、もう堪りかねて、鄧さんの両肩をグッと押えて、『閣下、もうそれ以上いわんで下さい』

彼は悠々としてましたが、私の方はもうフウッとこう体から力が抜けていきましたよ。人がみていなければ鄧さんに『ありがとう』といいたいとこでした」

読み終わって　西京寺は田熊に聞いた。

「これ、明確に鄧小平副首相が棚上げにしようと言って、園田外相が合意しているということですね」

田熊はきっぱりと言った。

「そうです。私は棚上げの合意があったと了解しています」

そして付け加えた。

「園田直氏は旧軍人です。政治家で彼の言を疑う人はほとんどいません」

東京會舘「ユニオンクラブ」（2）

読売新聞の記者、粟津に招待されて、小松と西京寺は東京會舘「ユニオンクラブ」へ昼食に出かけた。小松はこのクラブにはすでに何度か来たことがあるが、西京寺は初めてである。

窓際に座り、皇居の方角を眺めていた。

東京會舘「ユニオンクラブ」は首都のど真ん中である。ここもまた、皇居を望む素晴らしい眺めを持っている。

小松は粟津に一九七九年五月三十一日付読売新聞の「社説・尖閣問題を紛争のタネにするな」を提供してもらったことに感謝した。

読売新聞が、「日中双方とも領土主権を主張し、現実に論争が〝存在〟することを認めながら、この問題を留保し、将来の解決を待つことで日中政府間の了解がついた。それは共同声明や条約上の文書にはなっていないが、政府対政府のれっきとした〝約束ごと〟であることは間違いない。約束した以上は、これを順守するのが筋道である」という内容を、外務省に取材なしで書くはずがなかった。

西京寺はその時の外務大臣を調べた。園田直が依然として外務大臣である。

読売新聞が園田に取材していることは容易に想像がつく。

西京寺は田熊からもらった『世界日本愛』のコピーを渡した。

三人で、粟山元次官の発言、園田元外相の自叙伝の記述、読売新聞の社説を検討した。

「一九七二年周恩来《チョウエンライ》首相と田中首相、一九七八年に鄧小平《トンシャオピン》副首相と園田外務大臣の間で棚上げの合意があったことは間違いない。ではいつからこの合意がないというように変化したのだろう」という話になった。

栗津は「自分もいろいろ調べているけれど、一九九六年頃には外務省の中江要介元駐中国大使が『合意がなかった』というような発言をしている。しかし、最も明確な形で述べたのは当時の前原外務大臣です。彼は次のように言っています」と言って安全保障委員会会議のコピーを二人に渡した。

コピーには次の発言が載せられていた。

「一九七八年十月二十五日に、当時のトウショウヘイ副総理が日本記者クラブの内外記者会見談話で話をしたことについて、少し引用させていただきます。

尖閣列島を我々は釣魚島と呼ぶ。呼び名からして違う。確かに、この問題については双方に食い違いがある。国交正常化の際、双方はこれに触れないと約束した。今回、平和友好条約交渉の際も、同じくこの問題に触れないことで一致した。中国人の知恵からしてこういう方法しか考えられない。というのは、この問題に触れると、はっきり言えなくなる。確かに一部の人はこういう問題をかりて中日関係に水を差したがっている。だから、両国交渉の際はこの問題を避ける方がいいと思う。こういう問題は一時棚上げしても構わないと思う。十年棚上げしても構わない。

こうおっしゃっているわけでありますが、これはトウショウヘイ氏が一方的に言った言葉であって、日本側が合意をしたということではございません。

したがいまして、結論としては、棚上げ論について中国と合意したという事実はございませ
ん」

小松が発言した。

「これって、おかしくない？　鄧小平が言ったのは園田外相との会談ででしょう。もし本当に否定したいんだったら、この会談録を発表すべきでしょう。記者会見は交渉ではない。会談については、園田外務大臣は『人がみていなければ鄧さんに〝ありがとう〟といいたいところでした』と書いているじゃない」

栗津は付け加えた。

「いつから日本が態度を変えたのか、よく分からないんだけれど、一九九六年が一つのキーかもしれない。清華大学国際問題研究所の劉江永《リウジアンヨン》教授が、『一九九六年八月、当時の池田行彦外相は〝中国との間に領有権問題は存在しない〟と述べている』と言っています」

栗津はさらに加えて言った。

「中江元駐中国大使が言っているのも一九九六年、池田外務大臣が言っているのも一九九六年か。一九九六年ってどういう年なんだろう」

小松が割り込んできた。

「一九九六年！　それ、大変重要な年よ。冷戦が終わって日米の双方に安全保障関係をどうするかさまざまな議論があったの。その中で防衛省が中心になって、冷戦後、『多国間の関係構築を最重視する。米国との関係はその次』と米国から距離を置く考えが出てくるの。樋口レポートと

言うんだけどね。『ミスター防衛庁』と呼ばれた西広整輝が裏で操作していたの。で、彼は一九九五年十二月に六十五歳で癌で亡くなるの。樋口レポートを書いた時の次官は畠山蕃《はたけやましげる》ね。彼も一九九五年六月に癌で亡くなっている。細川政権が潰されて、樋口レポートは意味を失うわけ。『ミスター防衛庁』と呼ばれた西広整輝が生きていれば、その後の展開はすっかり変わったと思う。実際にはその後、元大蔵官僚の秋山昌廣が防衛局長、防衛次官として対米協調路線を突っ走るんだから。

米国側では、ナイ国防次官補たちが樋口レポートに大変な危機感を持つの。そして一九九六年に重要な文書ができる。

『日米安全保障共同宣言──二十一世紀に向けての同盟』

ここで日本の『周辺事態』に日本自らが積極的に参加していくことが決まるのよ。日本の防衛大綱もこれに合わせるわけ」

西京寺が慌てて会話に入ってきた。

「小松さんね。それ重要なこと言ってるよね？　日本は周辺事態で米軍と協力を強化するんでしょ。周辺って、誰。中国と北朝鮮だろ。だったら、尖閣で緊張あった方がいいよね」

小松はさらに加えて言った。

「池田行彦氏は、米国べったりの池田勇人氏の娘婿だけあって、米国寄りの人よ。一九九一年四月、防衛庁長官の時に、海上自衛隊のペルシア湾への派遣を行っている。自衛隊初の海外実任務だった。一九九六年、外務大臣の時には日米防衛協力のための指針（ガイドライン）の見直しを行ったの。だから米国とはつうつうよ」

三人ともこれまで尖閣諸島問題と米国とを結びつけて考えていなかった。小松の発言で、三人は「尖閣諸島の緊張と日米同盟の強化とは連動しているかもしれない」と議論し始めた。

粟津は書類をめくっていた。

「ね、これって、面白くない？　一九八一年、鈴木善幸首相が訪米して、ここで共同声明を出した。その中に日米同盟という言葉が入っていた。鈴木首相は外務省事務方の説明を受けて、『これは軍事を意味しない』と言った。

これで大問題になる。それで伊東外務大臣が辞職する。その後に園田直が外務大臣になるわけ。面白いのはこっから。園田直外務大臣は、鈴木首相の日米軍事同盟を批判的に見直す立場を支持しているんだ」

早速、小松が反応した。

「じゃあ、こういう図式が成立しているということじゃない。池田行彦＝日米軍事同盟推進派＝尖閣諸島の棚上げ合意否定。園田直＝日米軍事同盟に慎重＝尖閣諸島の棚上げ合意肯定」

粟津が続けた。

「池田行彦ってのが引っ掛かるな。一九六〇年、岸信介首相は日米地位協定（当時、行政協定）見直しを考えていて、安保騒動で引き下ろされた。ＣＩＡは吉田茂に岸信介の後釜になることを勧めたが、吉田はこれを断り、池田勇人を後任に推薦した。もちろん池田首相は日米地位協定の見直しなんかしない。その池田勇人の娘婿が池田行彦だからな……」

小松が粟津に聞いた。

「園田直はその後、どうなっているの?」

「一九八四年四月に急性腎不全のため七十歳で慶應病院で死去してる」

「中曾根首相の不沈空母発言で日米同盟が強化されていく時期ね」

「園田って、中曾根と対極にいたんだ」

小松が不安な面持ちで粟津に聞いた。

「園田直って病弱だったの?」

「園田直は『上半身と下半身は別物』という代表的政治家だ。さまざまな女性問題の噂が出ていた。だから、相当元気な人だったんじゃないの。死因は急性腎不全。でも、それ以前には腎臓病で患っていたとは言われてなかったみたいだ」

第三国際情報官室(1)

国際情報官室は外務省南館にある。この建物には情報通信分野が集中している。

西京寺はロシアでの勤務経験がある。当然、北方領土問題にもかかわった。かつて在ロシア大使館に勤務していた時も、「北方領土問題の全体像が大使館員にも知らされていない。なぜなんだ」という思いが強くあった。

第四国際情報官室のロシア担当官に「北方領土問題のファイルを持ってくるように」と頼んだ。

ファイルを見ていると変なタイトルに出会った。

〝北方領土をめぐる英国外務省とのやりとり〟

北方領土問題は日ソの問題である。西京寺はいぶかった。

「なんで英国が関与しているのだ」

在英国大使館からの電報が二つとメモがある。電報の一つは在英国日本大使館発本省宛だ。

「今般英国外務省から下記連絡を受けた。

英国には一定期間を経た時には外交文書を英国公文書館に公開することとなっているが、今般、次の電報を公開する予定であるので通知する。

該当電報
『在日本英国大使館発英国外務省宛
北方領土問題についての意見具申
来るサンフランシスコ講和条約では、連合国は日本に千島列島を放棄させることとなる。その際には千島の範囲をできるだけ曖昧にさせておくのが望ましい。そうすれば日本とソ連は島をめぐり喧嘩し続けることとなる。この状況は我々に望ましい』」

次いでもう一通あった。これも在英国日本大使館発本省宛である。

「本官は本省ご訓令に基づき、北方領土問題に関する在日本英国大使館発英国外務省宛の電報の公表を見合わせてほしい旨依頼したところであるが、先方は英国の国益に重大な損害を与える場合を除き公表するとの大原則があり、お申し出の次第はあるも、公表せざるをえないとの回答を得た」

この電報に赤鉛筆で次の書き込みがあった。

「一九八〇年英国公文書館で、本電報の回覧を求めたところ、先方より『確かにこの電報は本公文書館で保管する手続きになっているが、現物の所在が不明である』との連絡をうけた」

西京寺は興奮ぎみに小松に電話した。

「日ソの間に領土問題を残しておけという英国の電報があった」

小松は「じゃあ、私も米国の方に同じ趣旨の書類がないか探してみるわ」と答えて電話を切った。

小松は米国の対日関連文献は自宅に一応そろえている。彼女は、一番町のマンションに帰って、本を漁ったあと西京寺に電話した。

「キッシンジャーがね、毛沢東に『日本とソ連が政治的な結びつきを強めると危険です』と言ってるわよ。これ、キッシンジャー著作の『キッシンジャー［最高機密］会話録』に書いてある」

小松は次の思いを強くした。

「英国は『北方領土で、日ソ間で喧嘩させておけ。それが我々に有利だ』と言っている。そしてキッシンジャーが一九七一年に同じように『日ソを離反させておけ』と言っている。『北方領土問題を作って日ソを離反させろ』という考え方があっても自然だ。あとは資料を見つけるだけだ」

彼女はさらに日米関係の本を次々にめくっていった。いくつもの本を見ているうちにある記述にぶちあたった。

マイケル・シャラー著『「日米関係」とは何だったのか――占領期から冷戦終結後まで』（市川洋一訳、草思社）だ。

「千島列島に対するソ連の主張に対しても異議を唱えることによって、アメリカ政府は日本とソ連との対立をかきたてようとした。実際、すでに一九四七年に、ジョージ・ケナンとその政策立案スタッフたちが領土問題を呼び起こすことの利点について論議している。うまくいけば、北方領土についての争いが何年間も日ソ関係を険悪なものにするかもしれない、と彼らは考えた」

米国は北方領土問題を日ソ間で紛糾させることで、日ソ関係の進展を止めたのだ。

時計を見ると、すでに夜十一時半を過ぎている。

彼女は勢い込んで再び西京寺に電話した。

「米国も領土を持ち出し、日ソ関係の進展を止めようとしていたわ」

西京寺も小松の興奮を引き継いだ。

「米国は領土問題を紛糾させることで日ソの緊密化を止めた。だったら、同じ発想を日中関係で行う可能性が強い。米国が尖閣諸島問題を意図的に煽って、日中関係の緊密化を阻止するって、当然考えることじゃないか。あとは証拠を探すことだ」

米国国務省

ホワイトハウスから徒歩十分の場所にジョージ・ワシントン大学がある。大学ランキングでは、全米一六〇〇大学の中で五〇位にランクされる名門校である。

この大学は「アメリカ国家安全保障アーカイブ」を持つ。民間レベルのアーカイブであるが、安全保障で貴重な資料を保管している。

ここに「Contact with Chinese（中国人との接触）」と題するキッシンジャーの手紙が保管されている。一九七〇年九月十二日に作成され、「見るだけ（Eyes Only）」というカテゴリーの極秘文書になっている。「見るだけ」だからメモをとってもいけない、ましてコピーをとってもいけない。秘密度が極めて高いという指定である。ここでキッシンジャーが中国との接触をニクソン大統領に進言している。

米国は中国と接触を開始する。

キッシンジャーにとっての心配は「米中が接近しても、議会の反対に遭い、米中国交正常化はできない。その隙に日本が中国との関係を樹立する」ことだった。

ニクソンとキッシンジャーの日本嫌いは顕著である。

佐藤栄作首相の最大の外交的成果は沖縄の日本本土復帰を実現させたことである。

但しこの実現のために佐藤首相はニクソン大統領と密約をした。繊維の対米輸出を規制するというものである。「糸を売って、縄を買うのか！」（繊維で譲歩し沖縄を獲得する）と揶揄された。しかし、佐藤首相は繊維に関する密約を実施しなかった。「そんなものは存在しない」と断言したのである。

ニクソンは佐藤首相に裏切られたという強い思いを持っている。この密約はキッシンジャーと、日本側の密使役であった若泉敬との間でまとめられた。佐藤首相の裏切りで誰よりも怒ったのはキッシンジャーである。

密約をまとめた若泉敬は、裏切りの重圧に耐えられなかったのであろうか。一九九六年、福井県鯖江市の自宅で服毒自殺する。

こうした雰囲気の中で沖縄返還が進んだ。そして米国は尖閣諸島という火種を埋め込んだ。

小松は報道課で新聞記者の世話をしている。同時に新聞記者からいろいろな知恵を授かる。彼女が感謝するのは、インターネットの使い方を教わったことだ。

米国国務省には「歴史家のオフィス（Office of the Historian）」というサイトがある。ここで尖閣諸島のキーワードで引いてみると、思いがけないものが飛び出してきた。

「一九七四年一月三十一日　午後三時八分

キッシンジャー（国務）長官：我々は彼らを尖閣に向かわせるように（steer）できないか

ハメル（中国専門家）：長官、失礼しますが、今、何とおっしゃったのですか

キッシンジャー長官：我々は彼らを尖閣に向かわせるようにできないか

ハメル：誰を向かわせるのですか

キッシンジャー長官：中華人民共和国

ハメル：本当に中国を尖閣に向かわせることを我々が望むということでいいんですか

キッシンジャー長官：そうすれば日本人に宗教（religion）を教えることができる

ハメル：確かに日本人には宗教を教え込まなければなりませんが、そんな代償を払う必要があるのでしょうか

キッシンジャー長官：ないない、なかったことにしよう」

キッシンジャーは尖閣諸島を利用して日中間に紛争を生じさせようとすらしていたのだ。ハメルという人物にその馬鹿さ加減を問い詰められて断念している。

小松はキッシンジャーという人の怖さの一端に触れた。何をするか分からない男だ。ニクソン大統領とキッシンジャーの時代のホワイトハウスは「陰謀の宮殿（Palace Intrigue）」とまで呼ばれていた。小松はすぐ、西京寺に電話した。

「キッシンジャーって、そこまでやる人間か」と、西京寺も驚いていた。

彼女はインターネットでさらに調べた。

キッシンジャーは日本に対して怒っている。アメリカ人は怒る時にはよく「くそ野郎（sons of bitches）」という言葉を使う。

小松は「キッシンジャー」と「sons of bitches」と「Japs」で検索した。

突然、ホワイトハウス、一九七二年八月三十一日極秘「キッシンジャー・バンカー（駐南ベトナム）大使との会談メモランダム（Memorandum of conversation）」が現れた。衝撃的な発言があった。

キッシンジャーは、七月七日に首相になった田中角栄が中国に行こうとしていることに対して、「汚い裏切り者どものなかで、よりによって日本人野郎がケーキを横どりする（Of all the treacherous sons of bitches, the Japs take the cake）」と怒りをあらわにした。

怒ったキッシンジャーが日本に対して陰謀を仕掛けてくることは十分ありえた。

高尾山（1）

小松は西京寺から「高尾山に一緒に紅葉を見に行かないか」という誘いを受けた。

西京寺は日頃から運動をしているので高尾山に登るのはなんの問題もない。

小松もジムに通い、健康には気を使っている。

二人の話題は自然と尖閣問題に移った。

小松にはキッシンジャーの田中角栄に対する厳しい追及が、ある意味ショックだった。

アマースト大学で米国の紳士の卵を見ていた。個人を貶めるような学生たちではなかった。彼女には「米国イコール善」という強い認識がある。

西京寺はハーバード大学からモスクワ大学、在ロシア大使館勤務を経て、国際政治を懐疑的に見ている。「権力は悪」という視点で世界を見ている。

今回、彼は北方領土問題を改めて勉強した。そして米国が日本とソ連とを離反させるために領土問題を利用したことを学んだ。

新宿から高尾に行く途中、彼は小松に言った。

「ジョージ・ケナン、知ってるだろ？」

「もちろんよ。米国外交官で最も有名な人じゃない。ソ連を封じ込める政策を進言した人よ」

「そう。彼は冷戦時代、初代の政策企画本部長だった。ここで対日政策を考えていた。一九四七年に、北方領土で日ソを争わせれば、何年間も日ソ関係を険悪なものにするかもしれないと考えていたんだ。それだけではない。英国も同じようなことを考えていた。

日本は一九五一年のサンフランシスコ講和条約で独立した。ここで千島列島を放棄している。この時、在日英国大使館は『日本に千島列島を放棄させよ。そして、この放棄させる千島列島の範囲を曖昧にしておけば、この範囲をめぐって日本とソ連は永遠に争うことになろう』と本国に進言している。

北方四島はジョージ・ケナンや、英国につくられた陰謀と言っていいよ」

「外務省の中に気付いた人はいなかったの？」

「サンフランシスコ講和条約を検討した時はまだ日本は占領下だ。占領軍という虎の威を借りた狐の全盛時代だ。吉田首相が筆頭で、その子分に岡崎勝男がいた。その後、ソ連との協調を説く人は、皆、欧亜局から追い出された。

新関欽哉《にいせききんや》は外務省で最初のロシア語研修を命じられた人物で、チェーホフの研究家だ。ソ連の事情にはめっぽう強かった。融和派の代表的人物だ。それで、欧亜局の主要ポストについていない。代わって法眼晋作が牛耳っていた。対ソ連強硬派の最たる人物だ。その後、ロシア・スクールは法眼晋作の流れで今日まで来ている」

小松と西京寺は山を登りながら、領土問題の問答を繰り返した。小松は西京寺に聞いた。

「じゃあ、キッシンジャーなら尖閣諸島を使って、日中関係の発展に歯止めをかけるっていう考え方を持ってもおかしくないじゃない」

「まさにそうなんだよ」

高尾山の勾配が次第にきつくなった。並んで歩けない。しかし二人の会話は続いた。

「奈緒子さん。米国の尖閣の領有に対する立場、知ってる？」

「もちろん。米国は『尖閣諸島は安保条約の対象になる』と言っているけど、領有権問題では、『日本と中国のいずれ側にもつかない』という立場よね」

「じゃあ、いつからその立場をとった？」

「米国が沖縄を自分の施政下に入れていた時には、尖閣諸島も対象に入っていた。だから、まさか中国に領有権があるとは言っていないでしょう。そうすると、沖縄返還の時じゃない？」

「そう。沖縄返還の時だよ」

「北方領土と同じように、返還の時に島の領有権の問題を曖昧にして、日中で争わせようということ?!」

「ご名察」

「本当？」

「学界では、カナダのウォータールー大学にいる原貴美恵教授が詳細なデータを持っていて、研究している。彼女は『一九五〇年代に北方領土問題という楔が日ソの間に打ち込まれたと同じように、一九七〇年代初めに尖閣諸島という楔が日中の間に打ち込まれた』と主張している」

「そうなの。私はこれまでそういう発想しなかったんだけど、尖閣問題に巻き込まれていく過程で、なんとなく背後に米国がいるような気がしてきた」

高尾山の勾配がますますきつくなった。小松は登るだけで精一杯になった。スピードを落としてくれている西京寺の後ろについて黙々と足を運んだ。

山登りの醍醐味は、苦しみに耐えた後、必ずご褒美が後からついてくる点にあるのだろう。高尾山の眺望が開ける。

高尾山は標高わずか五九九メートルである。これが二〇〇七年、ミシュラン三つ星観光地に選ばれた。他の三つ星観光地は知床、松島、日光、東京、上野、富士山、高山、京都、奈良、姫路城であるから大変な評価である。年間の登山者数は約二六〇万人を超えて、世界一の登山者数と言われる。三つ星観光地の資格があるのだろう。

高尾山には登るルートがいくつかある。行きは吊り橋を見たかったので、四号路を選び、帰りは人が少ないだろうと稲荷山ルートで下りることにした。

「沖縄返還の時に、尖閣諸島の領有権問題でわざわざ中立化の声明を出したよね。意図的だったのは明らかだ。なぜか。

原貴美恵教授が言うように、尖閣問題の領有権を曖昧にさせることで、日中が過度に緊密化しないようにしたというのは十分ありうると思う。だって、あの当時、実権を持っていたのはキッシンジャーだろう。田中角栄首相が日中国交回復に動くのを、『汚い裏切り者どものなかで、よりによって日本人野郎がケーキを横どりする』とまで言っていたんだから。日中接近を止めるために、いろいろ手を打つのは極めて自然だ」

「歴史は大体分かったわ。そうすると、最近の尖閣諸島をめぐる緊張って、米国が背後で糸を引いている可能性ってないかしら」

山道は下り坂である。小松は、息遣いを荒くすることなく、一気に思いを述べた。西京寺は彼女のアイディアを受け取って、自分の中で、まだ整理がついていないことを述べた。

「尖閣諸島の問題は民主党政権になって表面化した。だけど、これって、少し変じゃない？　二〇〇九年に民主党が政権をとった時には、鳩山由紀夫首相、小沢一郎幹事長でスタートした。鳩山首相にしろ、小沢幹事長にしろ、本来中国と仲良くしようと主張してきた人でしょう。

小沢さんは民主党が政権を取った後、二〇〇九年十二月に民主党議員一四三名と一般参加者など四八三名の大代表団を組み、中国を訪問した。十二月十日に人民大会堂で胡錦濤《フーチンタオ》主席と会談している。田中角栄元首相のような厚遇を受けている。彼が尖閣諸島を緊張させたいわけがない。鳩山首相にしたって、東アジア共同体構想を持っている。小沢さんと鳩山さんが民主党の指導者であったら、尖閣諸島で緊張することはなかった。現に鳩山首相時代はなんの問題も起こっていない。

なぜ、小沢さんと鳩山さん後の民主党で、尖閣問題が緊張したのか、さらには小沢さんと鳩山さんがなぜ失脚したのかを知る必要がある。やっぱり、小沢問題と鳩山問題が分からないと、尖閣諸島の問題を理解できないのではないかと思うんだ」

小松は驚いて「じゃあ、大介君、あなた、小沢問題と鳩山問題を勉強しようというの？　ちょっとやばくない？」

「でも、ここが分からないと、尖閣問題は分からない気がする」

「外務省にいちゃ、小沢問題と鳩山問題は分からないわよ」

「そりゃそうだ」

二人はそのまま、高尾山を並んで下り続けた。

翌日、小松は朝日新聞の芦原記者に電話した。

「尖閣諸島の問題は私たちが思っているより、根が深いと思うの。どうも、米国が日中間に尖閣という領土問題を意図的につくることによって、日中関係の発展を止めようとしているみたいなの」

芦原記者も反応した。

「私もその問題を追っかけてる。朝日の中で話していたら、一九七一年頃、ニューヨーク・タイムズ紙の『日中の過度な接近を防ぐために、尖閣という領土問題を残せ』という記事を読んだらしいOB記者の話を聞いた人がいるんだ。しめたと思ったんだけど、どうも彼は記事にしなかったみたいなんだ。だから我々もまだ探し出せていない」

角川学芸出版でスカイプ

西京寺は坂本統括官の部屋に行った。

「統括官、恐縮ですが、孫崎享さんの電話番号をご存じないですか？」

「もちろん知っているけれど、どうしたのだね」

西京寺は坂本統括官に「小沢問題を少し勉強してみたい、それで孫崎さんがウォルフレンと共著で『独立の思考』を出しているので、本の出版社に電話連絡できないか聞いてみたい」と説明した。

西京寺は坂本から電話番号を聞いて、孫崎享に電話し、出版社の担当者の名前を聞いた。角川学芸出版の伊集院元郁である。伊集院は大歓迎してくれた。「じゃあ、スカイプでウォルフレンと話しませんか」ということになった。

西京寺が小松に連絡すると「私は、ウォルフレンの本をずっと読んできたの。ウォルフレンと直接話せる機会って今後出てくるか分からない。私もぜひ出席したい。そして直接質問したい」と頼まれた。

二人は夜九時、タクシーで千代田区富士見町の角川学芸出版に出かけた。角川学芸出版には、著者と打ち合わせをするのだろう、会議室がいっぱいあった。

伊集院が出てきた。いわゆる編集者の雰囲気と異なり、繊細な感じの人である。

すぐにスカイプでウォルフレンとつながった。伊集院がウォルフレンに簡単な紹介をした。

話が始まる前に、ウォルフレンは自分の家をスカイプの映像で紹介した。農家の倉庫を改造したということで、とてつもなく広い。自分の本の書庫も見せてくれた。図書館の書庫といった風情である。

ウォルフレンは小松の同伴が意外だったようである。

「何、あなたたち、フィアンセかね？」と冗談を言った。

西京寺は小松の方をちらりと見た。ここで「はい、そうです」と軽く合わせてみようかと思ったのだが、小松は全くの無表情である。

「いえ、違います。外務省の同僚です」とまじめに答えた。

小松が「私、あなたの本はほとんど読んでいます。『誰が小沢一郎を殺すのか？』も読みました。小沢一郎に対する米国の厳しい評価はいつから始まったのですか？」

小松はウォルフレンと話せることにすっかり興奮している。

西京寺にしても小松と同じ問題意識だから、小松が質問する分には全く異存がない。

「一九九〇年代初めからです。米国は『小沢以外なら誰でもいい（Anybody but Ozawa）』と言っていました」

「小沢以外なら誰でもいい（Anybody but Ozawa）」はきつい表現である。Anybody but を使った最も有名な表現に、イラク戦争を実施したブッシュ大統領に向けたものがある。「Anybody but Bush」をインターネットで検索すると、一七〇〇万件以上ものアクセスがある。

「なぜ小沢氏はそんなに嫌われたのでしょうか？」

「小沢氏に対して、『小沢以外なら誰でもいい』と言うのなら、よほど小沢氏が反米的な発言をしていると思うでしょう。でも、小沢氏はそんなに反米発言をしているわけではない。

こういうことだと思います。日本は今、米国の保護国、植民地の状況にある。今の官僚や政治家やジャーナリストはなんでも米国の言うとおりだ。こんなにありがたいことはない。他方、小沢氏は日本の改革を目指している。今の日本の統治機構を変えることを真剣に考えている。もし、新たな統治機構ができたらどうなりますか。官僚や政治家やジャーナリストの間に、米国べったりの人間を初めから育成し直さなければならない。だから米国は日本の今の統治体系を壊したくない。米国に隷属する官僚や政治家やジャーナリストに、日本の中枢にいてもらいたい。

小沢氏はこのシステムを壊そうとしている。米国はこの小沢氏を日本の権力者にするわけにはいかない」

千代田区富士見町から一番町までは歩いていける距離だ。

ウォルフレンとの話が終わると二人は歩いて一番町まで行くことにした。小松が住む一番町の最寄りの半蔵門駅から西京寺が住む南青山の最寄りの表参道駅までは半蔵門線で一本だ。

千鳥ヶ淵緑道は、皇居西側の千鳥ヶ淵に沿う全長約七〇〇メートルの遊歩道で、約二六〇本の桜がある。お堀と桜の組み合わせがなんともいえない。観桜期には、日本全国から一〇〇万人以上の人が訪れる。

この桜の木とお堀を見下ろすような位置にマンションがある。

小松が言った。

「このマンションはね。一番高い所で二〇億円近い値段がしたんだって。一番見晴らしのいい所に、読売新聞社の渡辺恒雄氏が住んでいるという噂よ」

このマンションの目の前は、千鳥ヶ淵緑道、お堀、その先に北の丸公園だ。東京の数あるマンションの中で最も素晴らしいだろう。

渡辺恒雄は読売新聞社のドンだ。本人は日本政治のドンを任じている。日本政治のドンなら、皇居のお堀を見下ろすマンションの最高級の部屋に住んでもなんらおかしいことはない。

西京寺は小松に、今後何人かの人物に小沢問題について聞く予定があることを話した。

「予定が決まったら連絡する。そのうち興味のある人がいたら参加して」

二人は一番町の交差点で別れた。

ロシアレストラン「サラファン」

西京寺と小松はロシアレストラン「サラファン」に来た。神保町の三省堂書店の近くにある。ちょっと急な階段を降りて地下の店内に入る。小さな店だ。

この店は、西京寺が八木啓代《やぎのぶよ》に電話して「小沢問題についてお聞きしたい。食事でもしながらお話を伺いたい」とお願いした時に、「ではロシアレストラン『サラファン』はどうですか」と指定された。ここでは「ボルシチ・ピロシキ・ビーフストロガノフ or ロールキャベツ・デザート・ロシア紅茶」など、いかにもロシア的というメニューが並んでいる。

ラテン歌手でジャーナリストの八木啓代は、検察による小沢一郎追及は、「選挙で政権を取った民主党に対し、検察という権力が実権を取り戻そうとする一種のクーデターだ」と主張している。

彼女は著作の中でマルティン・ニーメラーの言葉を引用していた。ニーメラーはドイツプロテスタント教会のナチ化に反対し、一九三七年から一九四五年まで強制収容所に収容されていた。

彼らが最初共産主義者を攻撃したとき、私は声をあげなかった
私は共産主義者ではなかったから
社会民主主義者が牢獄に入れられたとき、私は声をあげなかった
私は社会民主主義ではなかったから
彼らが労働組合員たちを攻撃したとき、私は声をあげなかった
私は労働組合員ではなかったから
彼らがユダヤ人たちを連れて行ったとき、私は声をあげなかった
私はユダヤ人などではなかったから
そして、彼らが私を攻撃したとき
私のために声をあげる者は、誰一人残っていなかった

日本社会は今、このニーメラーの言葉にあるような危機的状況に陥っている。政治や言論の場で、弾圧が着実に進んでいる。
まさに「俺は共産主義者ではないから」「俺は社会民主主義者ではないから」「俺は労働組合員ではないから」「俺はユダヤ人ではないから」の現象は日本を覆い始めた。

「俺は小沢支持者ではないから」「俺は原発推進に特別反対しているわけではないから」「俺はＴＰＰ（環太平洋戦略的経済連携協定）に特別反対しているわけではないから」と傍観しているうちに、次から次へと排除されていっている。

この空気の中、八木は「健全な法治国家のために声をあげる市民の会」を立ち上げた。この会は次のように書いている。

「検審問題を語ろうとすると、すぐに『親小沢』というレッテルを貼りたがる人たちがいます。しかし、私たちはそういう観点からこの問題を見ているわけではありません。

検察が狙いをつけ、リークによってマスメディアを操りつつ、本来、検察の業務を審査するべき機関である検察審査会を、子飼いの武器として利用すれば、総理総裁候補である政治家であってさえも冤罪に落とし、その結果、国家の政局を完全に左右できるという事態は、まさしく、検察こそが、第四権力どころではない、日本を支配する事実上の最高権力であるということを意味します。

小沢氏を支持するしないの問題ではなく、それが自民党であれ、社民党であれ、共産党であれ、公明党であれ、国民の選挙で選ばれた議員の首を、検察が己の意思で自由に切ることを、断じて許すわけにはまいりません。

これこそ民主主義の崩壊です。

いや、はっきり言いましょう。私たちは日本の脆い民主主義が、音を立てて崩れ落ちている、その場に立ち会っているのです」

八木は定刻どおり、店に入ってきた。

小松は「何がこのお店のお薦めですか？」と聞き、ボルシチとクレープのような生地で包み揚げられるブリンチキピロシキとロシア紅茶がセットになっている「小さな壺焼きセット」を頼んだ。

八木は小松を見て、「あなた、きれいね」と言った。続けて「独身なの？」と聞いた。

小松は「はい」と答えた。

八木の直球が続いた。

「好きな人いたの？」

「はい」

「で、どうなったの？」

「アメリカ留学の時、好きな人ができたんですけれど、卒業して彼がイエール大学に行き、私はシンガポールに赴任になり、結局別れました」

「じゃあ、命がけで好きになったわけではないのね」

「そうなるかもしれません……」

「私は命がけで恋したわ」

八木はメキシコ留学中、周りに勧められ歌手になった。中南米では歌手の地位は高い。どんどん、社会の中に食い込んでいった。その過程でいくつもの革命運動を見てきている。

彼女は自分がなぜ革命運動を見てきたか、語った。

「革命をする人は真剣に取り組んでいる。だけど、常に『本当にこれでいいか』を自分自身に問うている。そんな時、理解者がいるのは大変ありがたいことなの。

私は彼らにとっては『地球の裏側から来た人間』なのよ。その『地球の裏側から来た人間が自分たちの動きを見ていてくれる』――、これ、彼らは大変ありがたがっていたわ。

人間って、自分を理解してくれる人にそう簡単に会えるものではない。だから、私が見て理解することに対して、本当に喜んでいたの」


『週刊現代』が二〇〇六年六月三日号で「小沢一郎の〝隠し資産六億円超〟を暴く」という記事を書いた。

二〇〇九年十一月には、小沢一郎の秘書三人に対して、陸山会が東京都世田谷の土地を二〇〇四年に購入した際に政治収支報告書に虚偽記載したとして、市民団体が政治資金規正法違反容疑で告発した。さまざまな経緯の後、二〇一〇年、小沢一郎を告発した市民団体は不服申し立てを行う。二〇一〇年四月に東京第五検察審査会は二〇〇四年と二〇〇五年の土地購入経緯について小沢一郎に対し起訴相当を議決し、五月に東京地検特捜部が再び不起訴とした。

こうした流れの中で、田代検事の取り調べが「違法、不当であり」、「複数の検事が圧力をかけたことをうかがわせる」（東京地裁判決）ものであり、検察が小沢を強引に起訴に持っていこうとする動きがあったことが示された。

この時期は、二〇〇九年八月の総選挙で民主党が発足した最も重要な時である。同年九月、小沢は民主党幹事長に就任した。検察は小沢を起訴することで、政治家の機能を完全に麻痺させた。

西京寺が質問した。

「八木さん。検察と闘うって、相当大変なことだと思いますが、どうしてそんな決意をしたのですか？　小沢さんをご存じなのですか？」

「私は個人的には小沢さんを知らないの。私は個人を救おうとしているのではなく、日本を救おうとしているの。日本は、今、民主主義が消滅するかもしれない危機にあるわ。

ご存じのように、中南米は『アメリカの裏庭』と呼ばれている。『アメリカの裏庭』に、自主的な国家の成立は許されなかった。だから、米国はいろんな形で介入してきた。

今の小沢事件を見ていると、米国がかつて中南米でやってきたことと同じ。このままいったら、中南米のいくつかの国と同じように米国の完全な属国になる」

例を説明した。

「二〇〇六年七月二日、メキシコ大統領選挙があった。この大統領選挙は、国民行動党（ＰＡＮ）のカルデロン候補と民主革命党（ＰＲＤ）のロペス・オブラドール候補の一騎打ちだった。カルデロン候補は、社会格差を広げる新自由主義政策を進めてきた現政府の政策を受け継ぐ方針を出していた。一方で、野党のオブラドール候補は、社会経済の格差是正を訴えていた。

二〇〇九年の日本の総選挙と同じ構図ね。この時の総選挙は、『小泉の市場原理主義』を継承する自民党と、『国民の生活が第一』を訴える民主党の対決だった。

当然、『権力』側に狙われたのは、『メキシコの小沢一郎』ともいえるオブラドール氏。オブラドール氏は、メキシコ市長として、腐敗した市政を改革していた。だから国民に高い人気があった。脅威を感じた現体制側は、オブラドール氏の追い落としを画策したわ。その時に使われるのがまさに『政治とカネ』。最初は賄賂で攻めようとしたけどうまくいかない。次は、オブラドール氏に、『土地の買収で書類に不備があった』という疑惑を付ける。全く小沢事件と同じ構図でしょう。市の病院の前の道路を救急車が止められるように広げるにあたっての書類で、事務担当が書類の訂正をすれば済む話なの。

米国側が、『メキシコの事例に従って捜査をしろ』と日本の検察に指導したと思いたくなるような構図なのよ。小沢事件は『水谷建設から一億円のワイロ』で出発した。けれども、これはあまりうまくいかず、それで『世田谷の土地購入疑惑』を持ち出した。メキシコの流れとほぼ同じに見えるわ」

西京寺と小松は八木の話を熱心に聞いていた。

「自主政権は許さない。その萌芽が出たら汚職で攻める」、全くもって、米国工作部隊にはマニュアルがあるようである。

八木は西京寺に向かって言った。

「西京寺さん。あなた、これからいろんなことをしていくと、きっと敵が多く出てくると思うの。でもね。その時、次の言葉を思い出してほしい。

『友だちのいない人間は気の毒である。

だけど、敵のいない人間はもっと気の毒である。

なぜなら、その人は何もなしえなかったということだから。

敵もいないような無難な人間になってはいけない』」

西京寺は八木の言葉をかみしめていた。周りは敵ばかりの気がする。しかし、敵はある意味、勲章なのだ。

八木は突然話題を変えた。

「お二人とも、郷原信郎さん、知ってる？」

小松がすぐ答えた。

「私、仕事で新聞記者の若い人と一緒にお酒を飲んだりするんです。その時、郷原信郎さんの話が出てきます。特捜部でも働いたことのある元検事ですよね？」

「そう。私は郷原さんとは友だちなの。率直に話し合えるという意味でね。

今、私の本業は歌手なの。六本木の『ノチェーロ』や下北沢の『テピート』で歌ってる。郷原さんは時々聴きにきて、彼の楽器に合わせて私が歌うというコンサートも行ったのよ。

彼は『日本の政治に重大な影響を与えた陸山会事件は、そもそも刑事事件として実態が全くないものだった。そして日本のマスコミは司法判断を恣意的に報道して大変な歪みをつくった』と言っているわ」

西京寺と小松は八木の迫力に押されっぱなしだった。

どうしてこんな迫力があるのだろう。きっと、命がけで革命を闘ってきた中南米の闘士の迫力を受け継いできているのだろう。

食事を終え、コーヒーを飲み、帰り支度にかかろうとした時に、八木は西京寺に「あなたも独身だったわね」と念を押した。西京寺は「はい」と答えた。八木は「あなたたち二人、似合いのカップルのように見えるわよ」と笑顔で言った。

西京寺と小松は「サラファン」から一番町交差点まで歩いて帰ることにした。神保町の古本屋街を通り、また、千鳥ヶ淵緑道に出た。花見時はごった返すが、今は誰も歩いていない。

お堀の水に波はない。

「奈緒子さん、いつかボートに乗りに来ようか」

小松は西京寺の横顔をちらっと見た。この男はニーメラーをモデルに生きるのであろうか。

ニーメラーの言葉を思い浮かべてみた。

「彼らが最初共産主義者を攻撃したとき、私は声をあげなかった
私は共産主義者ではなかったから
社会民主主義者が牢獄に入れられたとき、私は声をあげなかった
私は社会民主主義ではなかったから
彼らが労働組合員たちを攻撃したとき、私は声をあげなかった
私は労働組合員ではなかったから
彼らがユダヤ人たちを連れて行ったとき、私は声をあげなかった

私はユダヤ人などではなかったから
そして、彼らが私を攻撃したとき
私のために声をあげる者は、誰一人残っていなかった」

声をあげたニーメラーの人生で待っていたものは収容所だ。

西京寺は現代社会の収容所に行こうとしているのだろうか。

小松は「私はニーメラーを目指さない。でも西京寺がどうするかは分からない」と思った。

「今日は、ニーメラーを目指す女性に会った。ぎらぎら光る眼は日本の女性ではまずお目にかかれない。おそらく八木啓代さんは西京寺に相当影響を与えるだろう」

小松は八木が言った「あなたたち二人、似合いのカップルのように見えるわよ」の言葉を考えていた。

「外目にはそうだと思う。でも、自分は一度、西京寺ではなく別の男性を選んだ。今になって、『大介君、結婚しない？』と言えるはずがない。

たぶん、西京寺は今一番きつい時だと思う。『自分が正しい』ということを主張するのはいい。しかし、それには代償が伴う。彼はまさに今その中にいる。

西京寺は正しいことを言った。おそらく、外務省の誰も『彼の発言が間違っている』と言えない。正しいんだから。でも、外務省の上も下も同僚も西京寺から距離を置き始めた。今くらい『誰かが自分を本当に理解してくれている』ことを渇望している時はない。

私が一番近い所にいる。いや、私以外誰もいないかもしれない。

それだけに、弱みにつけ込むようなことは言えない」

小松は西京寺に向かって言った。

「あのね。米国にリアン・ライムスという歌手がいるの。彼女の歌の中に『落ちるのを恐れないで。我々は結局天使の側にいるのだから（Don't be afraid to fall. We're on the side of angels after all)』という言葉があるの」

外務省報道課

翌朝十時、八木啓代が小松に電話してきた。

「昨日はありがとう。あなた、本当に魅力あるわよ。頑張ってね。小沢さんの件はいい文献があるから、ＦＡＸ送るわ」

すぐにそのＦＡＸが届いた。ニューヨーク・タイムズ東京支局長マーティン・ファクラーのものだ。ファクラーは米国ジャーナリストの中でも、急速に評価が高まってきている人物だ。

米国のピューリッツァー賞は、新聞等の印刷報道、文学、作曲に与えられる米国で最も権威ある賞だ。これに「国際報道」の分野がある。二〇一二年マーティン・ファクラーは福島原発についての日本メディアの報道のいい加減さを糾弾して、「国際報道」で最終選考の最後の三名に残った。

彼は最近「官僚機構の一部と化したメディアの罪」を寄稿した。この論評は『20人の識者がみた「小沢事件」の真実──捜査権力とメディアの共犯関係を問う！』（日本文芸社）に掲載された。

２００９年夏の政権交代前からこれまで、日本では、小沢一郎さんに対して、人格攻撃ともいうべきひどい報道が、ずっと繰り返されてきた。

小沢さんは、逮捕も起訴もされていない。それなのに、「小沢はこんな悪い人間だ」、「あんな悪いことをやった」などと、有罪が確定であるかのように報道されていたし、今なおその影響は大きい。

〔中略〕

２００９年春、西松建設事件の捜査が政界に波及し、同年3月3日、小沢さんの公設第一秘書、大久保隆規氏が政治資金規正法違反で逮捕された。当時は、自公政権が弱体化し、日本政治そのものが麻痺していて、次期総選挙で民主党の政権奪取の可能性が非常に高まっていた。

55年体制以来、長く一党支配が続いた日本で、初めて野党が、一政党で与党になれる可能性が高くなり、日本の民主主義にとって非常に大事な時期だった。

一方で、森喜朗元総理や二階俊博自民党総務会長代行ら、自民党の大物政治家をはじめ、他の多くの政治家も西松建設から献金を受けていた。

そのなかで、なぜこのタイミングで、政権交代前夜、野党第一党の民主党の代表だけがいきなり標的になったのか。私は非常な違和感を持った。が、当時は、日本のメディアは、ほとんどだれもそんな問題意識を持っていなかった。

小沢さんへの捜査は、西松建設事件でスタートし、それに合わせて、全メディアからの小沢バッシングが始まった。その後、第二ラウンドの陸山会事件と続くが、小沢さんは、それでも逮捕も起訴もされなかった。しかし、検察審査会の二度の起訴相当議決によって強制起訴をされてしまう。

日本のメディアは、どうしてこの事件がそのタイミングで起きるのか、東京地検特捜部はどんな思惑で、どういう目的で行っているのか。小沢事件から一歩引いて、全体を俯瞰して見ようとはしなかった。

〔中略〕

検察は、チャレンジャーを潰し、現状を維持して体制を守る仕組みとして働いている。メディアは、そうした社会における検察の仕組みを補完する役目を果たしていると思う。

小松はマーティン・ファクラーのコピーを朝日の芦原記者に送って、一時間後、電話をした。

「マーティン・ファクラーの記述、どう思います?」

「私たちはファクラーの記述を知っています。ニューヨーク・タイムズ東京支局は朝日新聞社の中にあるのです。

まず、ファクラーさんは大変優秀な記者です。我々日本の記者にとっては、大変痛い指摘ですが、ファクラーさんの言っていることは正しいと思います。

ご存じかどうか分かりませんが、一つ補足します。ファクラーさんが『森喜朗元総理や二階俊博自民党総務会長代行ら、自民党の大物政治家などが西松建設から献金を受けていた。そのなかで、なぜこのタイミングで、政権交代前夜、野党第一党の民主党の代表だけがいきなり標的になったのか』と指摘しています。

この時期一つの事件が起こったのです。二〇〇九年三月五日、元警察庁長官の漆間《うるま》巌《いわお》官房副長官がオフレコを条件に懇談した際、『自民党議員に波及する可能性はないと思う』と述べたのです。結果的には、漆間官房副長官の言うとおりになりました。ですから、検察の小沢さんへの捜査は本当に政治的なものでした」

小松は驚いた。今まで漠然と、小沢を悪者と見ていた。しかしそれは、民主党を麻痺させるためにつくられた虚像なのか。

小松はこれまで、外交官として国のために働くことになんの躊躇もしなかった。「国＝善」で臨んできた。「同期の西京寺を助けてあげよう」と思ってスタートしたのに、何か見てはいけないものを見てしまった気がした。

外国人記者クラブ（1）

日本外国特派員協会は一九四五年十一月、マッカーサー連合国軍最高司令官の命令によって設立され、現在は電気ビル内に構えている。

田中角栄などの日本の要人や、ロバート・ケネディ、ジョー・ディマジオ（野球）、レナード・バーンスタイン（作曲家）らがここで講演を行っている。

ジョー・ディマジオは今や野球でどんな活躍をしたかは知られていない。マリリン・モンローの夫として知られている。自身が亡くなるまでディマジオは週三回、彼女の墓に赤いバラを送り続けたという。モンローとの新婚旅行で日本に来たので、その時に外国特派員協会で話したのだろうか。

朝日の芦原記者が西京寺と小松をここのバーに招待した。

小松は勢い込んで話した。

「私はあまり国内政治を追っかけていなかったんです。小沢氏が悪いとなんとなく思っていました。けれど、小沢事件を学ぶと驚きです。こんなこと許されるのでしょうか。二〇〇九年夏の総選挙前に、検察が野党の党首を起訴する。同じような罪状を持つ可能性がある自民党の議員は起訴されない。マスコミは小沢氏を罪人のように報じる。これで小沢氏の政治生命を絶つ。こんなことが許されるのでしょうか」

芦原は沈痛な表情で、「問題は我々マスコミにあるんです」と言った。

彼は続けて言った。

「民主党は全く新しい流れをつくろうとした。それに危機感を持つ人々がいた。彼らはそれを潰す必要を感じた。彼らは小沢氏とともに鳩山氏も潰す必要があった。鳩山氏を潰すグループに外務省も入っています。

ご存じのように、ウィキリークスが世界中の米国大使館から国務省に向けて発信された極秘文書を暴露しました。暴露したアサンジはまず英国のガーディアン紙に情報を提供しました。彼は我々の朝日新聞にも提供しました。今日はこのうちの六六通のコピーを二部持ってきました。一部は西京寺さんへ、もう一部は小松さん用です。これを見れば、米国と外務省がどのように鳩山氏を排除していったか分かります」

小松と西京寺は爆弾を受け取ったことになる。

米国国務省と米国大使館の詳細なやりとりが表に出た。電報数は合計二五万件である。

まず新聞が報じたのは各国要人の人物評価である。

ロシアについては、米国大使が「プーチンがバットマンで、メドベージェフは相棒ロビン」

「事実上のマフィア国家」「企業の犬」などと発言した。

中国では、習近平《シーチンピン》国家副主席（当時）に対し「ハリウッドの戦争映画が好き」「中国映画は嫌い」と報じた。

ドイツでは、メルケル首相を「リスクを避け、創造性に乏しい」と評した。

さらに微妙な会話も出てきた。「天野之弥《あまのゆきや》国際原子力機関（IAEA）事務局長がアメリカの大使に対して（事務局長に選出される前に支持を依頼し、その見返りとして）『高官人事からイランの核兵器開発疑惑まで、あらゆる戦略的な重要決定について、断固として米側に立つ』と表明した」というものだ。

「米国の犬」以外の何ものでもない。

「地位を得るためにはなんでもする」という最近の外務省官僚の言動を如実に表し、それが世界中の知るところとなった。

さらには微妙な社会情勢に対する分析も出た。

「イスラム教の戒律が厳しいサウジアラビアのジッダの地下室でパーティが開かれ、酒の提供や売春が行われ、その場には王族も参加した」

芦原はこうした膨大な資料の中から、六六通、普天間等の日米外交関係を抜き出したのである。

この文書はいやがおうにも、外務省の罪を暴く。

「外務省員としてどう向き合うか」が問われる。

南青山、西京寺の部屋（2）

西京寺はウィキリークスの情報を目の前にしている。主として在日米国大使館から国務省宛の電報である。鳩山政権時代、日米間でいかなるやりとりが行われていたかを知る上で宝の山だ。

しかし、彼は大変な爆弾を抱え込んだ。外務省員の行動の是非を根本から問い直す文書である。

「官僚とはどうあるべきか」「民主主義とはどうあるべきか」を問う電報を含んでいる。

鳩山政権で最大の問題が普天間米軍基地移設問題であった。

普天間米軍基地は人口密集地の真ん中にある。日米双方は普天間基地を移設することを決めた。

米国にマイク・モチヅキという学者がいる。ジョージ・ワシントン大学教授である。彼はこう言っている。

「普天間問題は一九九五年の沖縄米兵少女暴行事件が契機でした。

私はこの時、すぐ沖縄に入りました。

ところが、国務省は私に『沖縄に行くな』と言うのです。

東京でモンデール大使に会いました。

モンデール大使は『自分が責任を持つから沖縄に行ってくれ。そして現地の情勢を教えてくれ』と言いました。

私は沖縄に行って、一般の人々の怒りが大変な状況になっていることを見ました。そのとおり、モンデール大使に報告しました。

モンデール大使は大変な危機感を持たれました。

それで橋本首相と普天間基地の閉鎖を決めました。その時は『どこへ持っていく』という条件なしです。普天間基地の閉鎖そのものが重要だったのです。その当時の海兵隊のトップも『それでいい』という人たちがいたのです。

ここから迷走が始まるのです。

普天間基地の閉鎖に便乗して、自分たちの都合のいいように動かそうとします。

そして日米双方に辺野古移設に利益を見出す人がいて、その合意になるんです。

重要なことは、出発点においては、普天間基地の閉鎖だけが決まっていたのです。代替地が見つからなければ閉鎖しないというものではなかったのです」

普天間米軍基地問題は、いつの間にか「閉鎖問題」から「移設問題」にすり替わった。問題は「どこへ」である。自民党政権では沖縄の辺野古への移設を決めている。民主党政権になって、沖縄住民の反対に配慮し、「最低でも県外」を打ち出した。これまでの日米合意を継続するか、沖縄県民の意思を重視するかの選択である。

そんな中、ウィキリークスに次の電報があった。

「十二月十六日：日米秘密協定の調査のため外務省の『同盟派（アライアンス・ハンズ）の帰国』日本外務省の元日米同盟当局者たちが外務大臣主導で始まった「核密約調査チーム」（核持ち込みに関する日米秘密協定の調査）に参加するために本国に呼び戻されている。彼らは『現在の民主党政権の日米同盟のハンドリングについて非常に憤慨している』と大使館の当局者との会談で語った。

このメンバーは有馬裕、有吉孝史、深堀亮である。

三名とも鳩山政権の普天間問題の扱いに不満を表明した。有馬は『この問題が出てきたおかげで、日米間の重要な問題が協議できない』と嘆いた。彼らは、『米国政府は普天間問題について民主党政権に合わせる必要はない』と述べた。そして有吉は『米国政府は日本政府に対する不満を公に表明すべきだ』と述べ、深堀は『民主党政権の政策は意味を成さないが、それが日米同盟反対という文脈で見れば違ってくる。これは憂慮すべき事態である』と述べた。

（米側コメント：三名の外務官僚の発言は、その率直さと彼らの上司である政治指導者への憤りの度合いにおいて、驚くべきものだ。

過去において外務省や防衛省の官僚が断片的に不満を述べることがあるが、今回のように経験を積んできた日本政府内の『アライアンス・ハンズ』がこんな明確な懸念を述べるのは稀なことだ。

これら三名はこれまで大使館の貴重なコンタクト者であった。特に有馬は大使館の重要情報源であった。有馬は元北米局長の息子であり、ワシントンDC地域で数年過ごし、外務省の同期の中で明確な出世頭である)」

西京寺は有馬裕、有吉孝史、深堀亮の三名はよく知っている。米国側のコメントに「外務省の同期の中で明確な出世頭である」と書かれているのは、まさにそのとおりである。

しかし、西京寺は「外務省の同期の中で明確な出世頭である」彼らの行動に疑問を持っている。「彼らのような態度を取ることが本当に正しいのであろうか。日本は民主主義である。民主主義は『国民の選択を実施する』という前提で成立している。新たに選ばれた政権に、明確な形で反旗を翻すことが官僚としてあるべき姿なのだろうか」

ウィキリークスの電報を見れば、こうした対応は有馬、有吉、深堀の三名だけの問題ではなかった。外務省全体の考え方と言っていい。

「八月二十八日　米国大使と藪中次官との会談

『日米同盟の継続性が重要と両者一致』」

という電報もあるし、九月十八日、斎木昭隆アジア大洋州局長はキャンベル次官補に次のような発言をしている。

「経験不足の民主党政権は官僚を支配し、米国に挑戦する大胆な政策を出すことで力を持っているというイメージをつくろうとしている。彼らのこうした考えは馬鹿げており、そのうち学んでいくだろう」

　この考え方は、外務省だけではない。防衛省でも同様である。

防衛政策局長は防衛省ではほぼ次期次官が約束され、最も力のある役職である。この局長に次の発言があった。

「十月十五日キャンベル国務次官補と日本側官僚との対話
高見沢防衛政策局長は普天間移設問題で『米側は日本側に柔軟性を示すべきでない』と述べた」

外務省、防衛省は省をあげて鳩山の普天間の県外構想を阻止していたのである。

外国人記者クラブ（2）

西京寺と小松は再び、朝日新聞の芦原記者と外国人記者クラブのバーで会った。

芦原記者は「ウィキリークスはどうでしたか？」と聞いた。

西京寺は暗い表情で答えた。

「ショックです。私たちは自分の先輩たちを立派な人だと思いたいですよ。でもウィキリークスに出てくる外務省の上の人ってなんですか。米国側が聞きたい台詞を言うのに競い合いをしている。それも私たちに近い世代ほど激しくなる。情けなくなります」

西京寺は小松の顔をちらっと見た。

小松はその視線をまっすぐ見返した。

ウィキリークスは「西京寺と小松が外務省でどう生きるつもりか」のリトマス試験紙になった。

西京寺の立場は明確である。

小松は芦原ではなく、西京寺の顔を見て話した。

「西京寺さん。私がどう出るか、興味あるでしょう。私は確かに『有馬さんや有吉さんや深堀さんのグループ』で、『米国との関係を強化すべし』と主張するグループです。

私の留学先は全米一のカレッジであるアマースト大学です。米国への留学先を選ぶ際に英語力が試され、一番優秀な外務省員がここへ行く。外務省じゃ、栗山元次官もここの出身です。スタートがいいからその後のポストも恵まれる。だから、私は『有馬さんや有吉さんや深堀さんのグループ』といえる。

でもね。私はたぶん彼らと違うの。女性だから。『女性だから』ってそれ何って思うでしょう。きっと男性には分からないのよ。あなた方、好きな人ができるとするでしょう。そうして大体結婚できるでしょう。でも私たち女性はできないのよ。外務省を捨てるか、好きな人を捨てるか。結局、好きな人を捨てなきゃならないの。

私たちはいい加減な気持ちで外務省にいるのではない。『好きな人を捨ててもいい』という覚悟で、『どう生きるか』を真剣に考えた上で外務省にいるのよ。だから、『単に偉くなればいい』というだけで外務省にいるわけではない。理想がなければ、外務省にいないわ。

だから、汚れた政策を遂行するつもりは私にはありません」

考えてみると、小松は西京寺の前でステファンのことを話したことはなかった。西京寺が中東アフリカ局第二課を追い出され、二人で尖閣の問題を話した時には両者の距離が縮まったような気がした。しかし、芦原記者からウィキリークスの束を渡されて、ステファンのことを西京寺の前で話す羽目になってしまった。西京寺は心配そうに「ステファンのことはここでは関係ないよ」と言った。


芦原は話をウィキリークスに戻した。

「私なりにいくつか整理してみたのです。
①米国は普天間問題では日米合意を堅持したいと言っている。
②外務省は、次官、局長、在外公館での参事官クラスまで、主流にいる人は競って日米合意でいくべきだと言っている。防衛省も同じ。
③米国は普天間もさることながら、中国に傾斜する鳩山氏と小沢氏を非常に警戒している。
④小沢氏の扱いは非常に興味がある。
キャンベル国務次官補は二月二日、小沢幹事長と会った。

ここで小沢氏は『日米関係は大事だと思う』と言うと同時に、『日本は自身の評価を持っており、米国の言うことをすべて聞き、受け入れるというわけにはいかない』とも言っている。

この小沢氏との会談にはルース大使がわざわざ出ている。

キャンベル国務次官補は韓国に行き、二月三日、大統領府の金星煥《キムソンファン》外交安保首席秘書官と面会している。その会談内容について要約し、在韓米国大使館から本国へ送られた公電に、次の記載がある。

『両者（キャンベル、金）は、民主党と自民党は全く異なるという認識で一致。キャンベル氏は、岡田克也外相と菅直人財務相と直接話し合うことの重要性を指摘した』

民主党は駄目と言っている。つまり鳩山首相と小沢幹事長は駄目と言っている。同時に今後の接触相手を岡田外相と菅財務相と言っている。もう鳩山首相降ろしが始まったと言っていい。

⑤米国は、政治家では前原氏を大変頼りにしていた。

キャンベル国務次官補は二月二日に小沢幹事長と会う前に前原氏と会っている。前原氏はここで、『小沢氏は聞き手に合わせて話を合わせるので警戒すべきだ』と述べている。

ウィキリークスは外務省の恥部をさらけ出しました。ですが、問題は何も外務省だけではありません。

小沢問題ではマスコミの責任がとても大きいのです。小沢事件では結局、法的には小沢氏の責任は追及できなかった。でもマスコミは小沢氏を政治的に抹殺してきたのです。

例えば、小沢秘書の起訴後、三月二十五日の社説は一斉に次のように記載しました。

朝日：小沢代表は身を引くべきだ

毎日：説得力のない会見だった、検察は与野党問わず捜査を

読売：小沢代表続投後のイバラの道

産経：小沢氏の続投は通らない
日経：小沢氏続投は有権者の理解得られるか
見事な横並びです。

ニューヨーク・タイムズ東京支局長のファクラーさんが『なぜこのタイミングで、政権交代前夜、野党第一党の民主党の代表だけがいきなり標的になったのか。私は非常な違和感を持った』、『検察は、チャレンジャーを潰し、現状を維持して体制を守る仕組みとして働いている。メディアは、そうした社会における検察の仕組みを補完する役目を果たしていると思う』と書きました。

まさにそのとおりなのです。日本のマスコミは罪を犯しているのです。その責任は朝日新聞にあります。我々朝日新聞は『我々は日本の新聞界のオピニオン・リーダーだ』と思っていますから、それだけ、我々の罪は大きいのです。

そして私はその一員です。

日本社会は全体として腐ってきたのです。それも中核から腐ってきたのです。

私が朝日新聞で何ができるか分かりません。私もおそらく、どこかに飛ばされるでしょう。いい記事を書いたなと思う人がいると、いつの間にか『アエラ』に行っている。おっ、頑張っているなと思うと、いつの間にかウェブ担当になっている。私たちの身分は、公務員より不安定なのです。でも何かするつもりです。

私は西京寺さんに同じものを嗅ぎ取っています。私もジャーナリストですから。

そして西京寺さん、あなたの周りは敵ばかりですよ。ただ、小松さんは少なくとも西京寺さんの敵じゃない。『同志』とまでは、いってませんけどね」

西京寺は何か込み上げるものを感じた。「自分は正しいことを行っている」と思っている。しかし周りは敵ばかりだ。外務省の誰が「頑張れ」と言ってくれるか。毎日、外務省の門をくぐって中に入った途端、どれくらい多くの厳しい目を向けられ、そして、非友好的態度を見せられてきたことか。

今、全くの部外者である芦原記者に勇気づけられて、ぐらっときた。激しい罵倒には耐える心の準備ができていた。でも、優しい言葉には心の準備ができていなかった。

外国人記者クラブ（3）

西京寺と小松が外国人記者クラブのバーで芦原記者と会うのも三度目だ。

芦原は早速核心に入った。

「私たちはウィキリークスで、キャンベル次官補と小沢幹事長の会談によって米国政府が『小沢切り』を決めたのを見ました。そして、キャンベル次官補は小沢幹事長と会う前に前原氏と会っています。ここで、前原氏は『小沢氏を警戒すべきだ』と述べています。ですからキャンベル次官補の決定に、前原氏は相当影響を与えています。ここまではいいですか」

西京寺と小松はうなずいた。

「問題はここからです。前原氏は『十一月の沖縄知事選挙で宜野湾市長が立候補すれば、新たな発火点となる』と述べています。この発言は注目すべきです」

小松が合いの手を入れた。

「それどういうことでしょうか」

芦原は二人を見て言った。

「考えてみましょう。次の考えは成立するでしょうか。『鳩山首相は普天間基地の辺野古移設を阻止する発言をした。だから米国は排斥した。それは普天間基地の辺野古移設を推進するためである』」

二人ともその想定は「正しい」と言った。

「では前原氏が指摘する〝沖縄知事選挙〟の意味を考えてみましょう。沖縄知事選挙で、宜野湾市長、つまり、伊波洋一が勝つとどうなるでしょう。伊波氏は、普天間米軍基地のグアム移転を主張していました。さらには『今の日米安保条約は時代錯誤的だ。日本は日米同盟の深化よりも日米平和友好条約の締結を視野に入れるべきだ』と主張していました。

普天間基地を辺野古に移設するためには、知事の許認可が必要です。それだけでない。『今の日米安保条約は時代錯誤的だ』とまで言っている。絶対に、伊波洋一を知事に当選させてはならない。

じゃあどうするか。沖縄は革新の強い所です。伊波洋一が勝つ可能性が十分あったのです。可能性があるというだけでない。世論調査ではかなり拮抗していたのです。

(二〇一三年の参議院選挙の時、沖縄の一人区では沖縄社会大衆党の糸数慶子氏が革新統一候補として立候補し、二九万四四二〇票を獲得し、自民、公明推薦の安里政晃氏が獲得した二六万一三九二票に三万三〇二八票差をつけた。この時、仲井真知事が安里氏の選対本部長を務めた。こうしてみれば革新勢力を代表する伊波氏が勝つ可能性は十分あった）

伊波洋一が誰かに殺されるようなことを考えてみましょうか。革新陣営の反米感情が燃え上がります。ですから伊波氏を物理的に排除することはできません。どうしても、選挙で伊波洋一を破る必要があります。どうしたら選挙に勝てるか。

そして選挙の前に、何が起こったか。尖閣諸島をめぐる漁船衝突事件がありました。伊波氏に対しては、尖閣諸島をめぐる漁船衝突事件を利用して、執拗な攻撃が行われました。『先の尖閣沖漁船衝突事件での中国の動きを見れば、中国の侵略の意図は明確であるにもかかわらず、日米安保条約を見直し、米軍基地が不要だと言っている』『伊波氏の考えは、沖縄ひいては日本を中国に売り渡しかねない危険思想である。米軍という抑止力の裏づけなくして中国と話し合えば、尖閣諸島が中国のものとなるだけだ』

岡留安則というジャーナリストがいます。『噂の眞相』の編集長でした。『噂の眞相』は反権力の雑誌ですが、鋭い論点と取材で、我々ジャーナリストも敬意を払って読んでいました。

岡留氏は二〇〇四年『噂の眞相』を休刊すると、沖縄に移住しました。彼は沖縄問題を厳しい目で追っかけていました。ウェブマガジン『マガジン9』のコラム〝オカドメノート〟で次のように記載しています」

今回の選挙に影響を与えたのではないかと思われる外交上の事件もあった。尖閣諸島における中国漁船衝突事件〔中略〕だ。この事件のおかげで、尖閣諸島を自衛隊によって強化せよとか〔中略〕、日米安保の重要性が高まり、抑止力としての沖縄の米軍基地の存在意義が高まったという見方も流布された。

小松は芦原に反論した。

「『伊波氏が当選するのは困る』という論は分かります。尖閣諸島での衝突事件が、伊波氏に対抗する仲井真知事に有利に展開したことはあったと思います。しかし、尖閣諸島での衝突事件は中国の漁船が日本の海上保安庁にぶつけてきたものです。いいですか。中国船がぶつけてきたのです。仲井真知事陣営に望ましい事態であっても、仲井真知事陣営が中国船を日本の海上保安庁にぶつけるようなことまではできません」

芦原はうれしそうに、「小松さんの指摘はもっともです。でも可能なのです」と言った。そして推理小説のトリックを解き明かすように、「沖縄知事選挙の前に、どうすれば尖閣諸島で紛争を起こさせることができるか」を論じ始めた。

外国人記者クラブ（4）――河野太郎のブログ

芦原は麻布中学、高校を出た。高校では陸上部に入り、一〇〇メートルを走っていた。東京都の高校陸上競技会では決勝に残った。東大に入り、アメリカンフットボール部で活躍した。運動部系だから、政治的意識が特に高かったわけではない。しかし、麻布中学、高校時代、自然と学校の伝統であるリベラルの思想を身につけた。この学校に入るよう仕向けた親に感謝している。芦原はスポーツを行っていただけに、他に遅れてはならないと、意識的に本は読んだ。幸い図書館が読むべき本のリストを挙げていた。

例えば二〇一三年には国語の部で、次の作品が並べられている。

中学：『雁』（森鷗外）、『藤村詩集』（島崎藤村）、『大津順吉・和解・ある男、その姉の死』（志賀直哉）、『地獄変』（芥川龍之介）、『銀河鉄道の夜』（宮沢賢治）、『君たちはどう生きるか』（吉野源三郎）、『楡家の人びと』（北杜夫）、『点と線』（松本清張）、『冥途・旅順入城式』（内田百閒）、『狂人日記・阿Q正伝』（魯迅）、『変身』（カフカ）、『日本語の年輪』（大野晋）、『文車日記』（田辺聖子）

これだけのレベルの本が中学生の読書として推奨されている。

芦原は通学の行き帰りで必死にこうした本を読んだ。「スポーツ馬鹿」と言われないように頑張った。

彼は「リベラルとは『人間を大事にしましょうね』というようなスローガンでなく、人間の深い洞察からくる」と思っている。だから、「リベラル日本社会が今崩壊しているのは知的階層の崩壊からきている」と考えている。

そんな中で彼は西京寺を見ていた。「西京寺さんはロシア文学を学んでいる。ロシア文学を通じて人間の深い洞察の訓練を受けているはずだ。それはきっと麻布のリベラルな校風と相通ずるものがある」

芦原は、二人に言った。

「尖閣諸島の問題は、過去に日中がどのような合意をしていたかを見るのが重要です。特に日中漁業協定は重要です。これによって、漁船で日中関係が悪化することを防げるようになっていたのです。

この問題を分かっていた政治家がいました。河野太郎です。彼がブログに書いた説明を見てみたいと思います」

彼は鞄からコピーを取り出した。

「日中漁業協定」
二〇一〇年九月二十八日二二時四五分
日中漁業協定は、二〇〇〇年六月一日に発効した。
〔中略〕
北緯二七度以南は、新たな規制措置を導入しない。現実的には自国の漁船を取締り、相手国漁船の問題は外交ルートでの注意喚起を行う。（尖閣諸島はこの水域に入る）
〔中略〕
海上保安庁は、尖閣諸島周辺の領海をパトロールし、領海内で操業している中国船は、違法行為なので退去させる。操業していない中国漁船については無害通行権があり、領海外に出るまで見守る。

小松は芦原に聞いた。

「河野太郎氏は『尖閣諸島周辺の領海をパトロールし、領海内で操業している中国船は、違法行為なので退去させる。操業していない中国漁船については無害通行権があり、領海外に出るまで見守る』と言っています。では、先の事件で国内法に基づいて拿捕に行ったのは、間違いだったと指摘できるのですか」

小松は報道課の首席事務官である。外務省内部の議論は大体把握しているつもりだ。しかし、尖閣諸島の問題で日中漁業協定から論ずることはまずない。ほとんどの外務省員は、そんな協定が存在することさえ知らなかった。だから、尖閣諸島問題と日中漁業協定の関係がどうなっているかという議論を聞いたことがない。

外国人記者クラブ（5）――小渕外務大臣発駐日中国大使宛の書簡

芦原はゆっくり説明を始めた。

「日中漁業協定では『違法行為があればそれをやめさせる、そして領海外に出させる。もし必要なら事後に日中政府間で協議する』というものですから、本来、漁船をめぐる事故は起こらないようになっているのです。

今一つ重要な情報があります。日中漁業協定は一九七五年旧協定と二〇〇〇年新協定があります。後者は一九九七年十一月十一日、東京で署名され、二〇〇〇年六月一日に効力が発生したものです。この二〇〇〇年新協定六条（b）は『北緯二七度以南の東海の協定水域及び東海より南の東経一二五度三〇分以西の水域（南海における中華人民共和国の排他的経済水域を除く）』と、まさに尖閣諸島が含まれる水域も対象にしたのです。

この条約には『漁業に関する日本国と中華人民共和国との間の協定第六条（b）の水域に関する書簡』という文書があります」

本大臣は、本日署名された日本国と中華人民共和国との間の協定に言及するとともに、次のとおり申し述べる光栄を有します。

日本国政府は、日中両国が同協定第六条（b）の水域における海洋生物資源の維持が過度の開発によって脅かされないことを確保するために協力関係にあることを前提として、中国国民に対して、当該水域において、漁業に関する自国の関係法令を適用しないとの意向を有している。

本大臣は、以上を申し進めるに際し、ここに閣下に向かって敬意を表します。

一九九七年十一月十一日東京で
日本国外務大臣　小渕恵三

日本国駐在中華人民共和国
特命全権大使　徐敦信閣下

「ここで、『中国国民に対して、当該水域において、漁業に関する自国の関係法令を適用しないとの意向を有している』と言っています。

実はこれは国会でも取り上げられています。新党大地の浅野貴博議員が二〇一二年十月二十九日、質問主意書を出しています。

これに対して同年十一月六日付で内閣が答弁書を出しています。ここでは『中国国民に対して、我が国の漁業関係法令を適用しないこととし、その旨を表明するために発出したものである』と回答しています。

二〇一〇年漁船の衝突事件があった時に日本政府は『国内法で断固として対応する』と言って、世論を高ぶらせました。しかし、日中漁業協定ではいたずらな紛争を避けるため、『中国国民に対して、我が国の漁業関係法令を適用しない』ということを決めていたのです。

まあ、この論議に耳を傾ける日本人は今いませんけどね。日中漁業協定では紛争を避ける仕組みができていたのです」

外国人記者クラブ（6）——二〇一〇年の漁船衝突事件は不可避だったか

芦原記者は西京寺と小松を見た。西京寺は芦原の説明に驚いていない。

小松は芦原の説明の消化に苦労している。

外務省の報道課は外務省の政策を報道機関に紹介する場所である。小松は「外務省の動きは大体把握している」という自負心を持っていた。しかし、日中漁業協定や、まして小渕外務大臣発駐日中国大使宛の書簡などは知らなかった。

彼女は「外務省のスポークスマン」に準じた仕事をしてきている。それなのに、自分は何も実態を知らせてもらっていなかった。「なんだ」といういら立ちが込み上げる。

彼女は怒ったような口調で芦原に向かって述べた。

「芦原さん、そのような約束があるにしろ、中国の漁船が巡視船にぶつけてきたことには変わりありません」

芦原は余裕を持って答えた。

「おっしゃるとおりです。中国の漁船がぶつけてきたのはそのとおりです」

「では、芦原さん。別の可能性があるとおっしゃるのでしょうか」

「中国の漁船がぶつけてくる前の映像を見ていましたか？　複数の日本の巡視船が漁船を取り囲んでいます。河野太郎氏が主張するように『尖閣諸島周辺の領海をパトロールし、領海内で操業している中国船は、違法行為なので退去させる。操業していない中国漁船については無害通行権があり、領海外に出るまで見守る』という対応では決してありません。極めて近くに位置取りしています」

芦原は続けて言った。

「実は極めて重要なポイントがあります。すでに見たように、日中間には漁業協定があります。過去には、河野太郎氏が言うように、日本政府は『領海内で操業している中国船は、違法行為なので退去させる。操業していない中国漁船については無害通行権があり、領海外に出るまで見守る』という方針で臨んでいたのです。だから、中国側が操業許可証を一万八〇〇〇隻に出してもトラブルが起こらなかったのです。

海上保安庁は過去、『日中漁業協定で対処する』という方針で臨んでいます。その際には、中国漁船に接近したり、囲い込んだりする必要はありません。違反したケースがあれば外交ルートで処理すればいい話です。

では今回はどうでしたか。中国漁船がぶつかる前に、海上保安庁の船は異常接近し、囲い込みにかかっています。領海侵犯として拿捕する態勢に入っています。

なぜ、こういうことが起こったのでしょうか。海上保安庁の船の行動基準が変わったのです。誰が変えたか。前原氏です。前原氏は事件が起こるような対応に変えたのです」

芦原記者はさらに付け加えた。

「事件があった時に、官邸で会議がありました。国土交通省の代表は、拘束することを強く主張しました。前原大臣の指示であろうことは疑えません」

前原が尖閣諸島で衝突する環境をつくっていたとすれば、すべて整合する。

①鳩山が「普天間米軍基地の最低でも県外」を主張した。

②米側は日米合意の順守をするように、日本側に述べた。

③鳩山の「最低でも県外」案を潰した。

④しかし、二〇一〇年、沖縄知事選挙で伊波が勝利すれば、辺野古移設が実施できない。前原はこれに大変な危機感を持っていた。

⑤伊波の勝利を阻止するためにはどうするか。「米軍が必要だ」という状況をつくればいい。それは何か。

⑥沖縄周辺に危機ができればいい。

⑦危機をどうつくるか。

尖閣問題で紛争を起こせばいい。

⑧どうやって紛争を起こすか。

日本側の対応を変えればいい。

日中漁業協定の約束のように、違反をする船は違反行為をやめさせ、領海から退去させるという慣行をやめて、違反行為は日本の漁業法という国内法で対応すればいい。その際は違反船を拿捕することになる。拿捕しようとすれば相手は捕まらないように暴れる。それをクローズアップさせればいい。

これが前原の構想であれば見事成功した。より正確に言えば、前原を操るジャパンハンドラーたちの構想が見事に成功したことになる。

清華大学

中国の要人中、精華大学の卒業生を見てみよう。
朱鎔基《チューロンチー》（首相、一九九八―二〇〇三年）
胡錦濤《フーチンタオ》（国家主席、二〇〇三―二〇一三年）
習近平《シーチンピン》（国家主席、二〇一三―二〇二三年・推定）
これを見ても、清華大学が中国内政においていかに重要な地位を占めているかが分かる。
ここで二〇一三年六月二十七日から二十九日、第二回ワールド・ピース・フォーラムが開催された。
第一回は二〇一二年に行い、習近平（当時国家副主席）が基調講演を行った。第二回は、キッシンジャー元国家安全保障補佐官、ブレジンスキー元国家安全保障補佐官、ド・ビルパン元フランス首相らが基調講演した。ド・ビルパンはイラク戦争の時の外務大臣で、イラク戦争開戦を強行しようとした米国に対して強く反対した。
さらに王毅《ワンイー》外交部長（外務大臣）は就任後、最初の演説をすることが予定された。外国の要人の他に、多彩なパネル討論会が開催された。

鳩山元首相も基調講演することが予定された。

五月三十一日、鳩山元首相から西京寺に連絡があった。

「西京寺さん、実は近くワールド・ピース・フォーラムがあるのです。パネル討論会に私の推薦する人がいれば、参加してもいいと言ってきています。世界各国の方々と討論するので、あなたが参加する意思があれば、旅費、滞在費を先方持ちで招待すると言っています。関心があればどうですか」

西京寺は日程を見ると、その日は空いている。それで「お願いします」と返事した。

そのうち、また鳩山発言をめぐって批判が一気に高まった。

六月二十五日産経新聞は「鳩山氏、尖閣問題で『〝日本が盗んだ〟と思われても仕方ない』」との標題で次のように報じた。

「鳩山由紀夫元首相が香港のフェニックステレビの取材に対し、尖閣諸島（沖縄県石垣市）の領有権を主張する中国政府に理解を示す発言をしていたことが25日、分かった。尖閣をめぐる歴史的経緯に言及し『中国側から〝日本が盗んだ〟と思われても仕方がない』と述べた。発言の様子は同日午前、中国内外に向けて報道された。

中国は日本の尖閣領有について、第二次世界大戦中のカイロ宣言にある『日本が盗み取った中国東北地方や台湾などの島嶼（とうしょ）を中国に返還する』との規定に違反すると主張している。これに関して鳩山氏は『カイロ宣言の中に尖閣が入るという解釈は、中国から見れば十分に成り立つ話だ』と明言した」

すさまじい反応が続いた。

鳩山の領土問題に関する発言については、すでに厳しい反応が出ている。小野寺五典防衛相は二〇一三年一月十七日、次の発言をした。

「(訪中している鳩山由紀夫元首相が尖閣諸島を『係争地』と発言したことが)中国に利用されているとすれば、悲しいなと思う。日本にとって大きなマイナスだ。係争は当然なく、全くの固有の領土なので(中国側の主張は)一顧だに値しない。なのに元首相が発言したとなると、中国側は『実は日本の元首相がこう思っている』と、いかにも係争があるようにどんどん宣伝され、国際世論がつくられてしまう。久しぶりに頭の中に『国賊』という言葉がよぎった瞬間があった」(BSフジの番組より)

防衛大臣が元首相の発言に対して「国賊」と言うに至った。

「尖閣諸島が日中間の係争地である」と言うことが国賊になることなのか。

一番簡単なことは日本の同盟国、米国がどのような立場をとっているかを見ればよい。

一九九六年九月十五日付ニューヨーク・タイムズ紙は「モンデール大使は『米国は(尖閣)諸島の領有問題にいずれの側にもつかない。米軍は(日米安保)条約によって介入を強制されるものではない』と述べた」と伝えた。

その時、米国は自国の立場を整理して日本側に伝えてきた。

「尖閣の主権は係争中である。米国は最終的な主権問題に立場をとらない」

さらに二〇〇四年三月二十四日、エレリ国務省副報道官は同様の説明をした。「尖閣の主権は係争中である。米国は最終的な主権問題に立場をとらない」

米国の立場は今日も変わらない。

この状況で、「尖閣の主権は係争中である」と言うことが、どうして国賊になるのか。国際的に通用しないことでも、自分の国が「係争中でない」と言うと係争中でなくなるのか。

係争中であれば「話し合って解決をしよう」ということになる。「係争中でない」ということであれば相手と話し合いはない。外交的に紛争を回避するという道もとらない。

日本外交は大変な危険水域に入ってきている。

東アジア共同体研究所

西京寺は清華大学で各国の学者とパネル討論をできたことは貴重な経験だと思っている。

帰国後、鳩山氏にお礼の挨拶に伺いたいと、彼の事務所に連絡をした。

担当者から「では、月曜日においでください。この日は夜八時から東アジア共同体研究所のUIチャンネルで鳩山と孫崎享氏が対談を行いますので、それが終わった後でしたらお話ができます」という返事があった。

西京寺が小松に連絡すると、「鳩山由紀夫氏をぜひ見たい」と言う。

小松はアマースト大学などで勉強してきたわりには、ミーハー的要素を多く持っている。それが報道課首席事務官として新聞記者に人気のある理由でもあったが。

七月八日、二人で永田町の十全ビルに来た。鳩山夫人も一緒にいた。放送が終わってお茶を飲みながら尖閣諸島の話になった。

鳩山は、孫崎、西京寺は尖閣諸島に関しては同じ立場である。

孫崎は西京寺を見て「老婆心だけれど、忠告していい？　尖閣諸島で今の立場をとっていれば、必ず外務省の幹部と衝突をする。左遷ということも起こるだろう。でも左遷を恐れるな」と言った。

「左遷を恐れる気持ちをなくせば、外務省は、実に多くのことができる組織だ。世界のどこへ行ってもそこには国家がある。人々が暮らし、国をつくっている。その人たちと協力をしようと言うのだから、どこへ行っても仕事が山のようにある」と述べ、話を続けた。

「西京寺さん。君、ロシア語だろう。左遷されたらどこかへ飛ばされる。まあ、ウズベキスタンくらいだろう。ウズベキスタンというのは地の果てだ。世界には海に面していない国がある。モンゴルやアフガニスタンがそうだ。でも、海に面していない国だけに囲まれている国があるのを知っていますか。あるんです。それがウズベキスタンだ。アフガニスタン、カザフスタン、キルギス、タジキスタン、トルクメニスタン、皆、海に面していない。それらの国だけに囲まれているのです。だから大変な僻地だ。

そのウズベキスタンにカラカルパクスタン共和国がある。アラル海に面していた。今アラル海が枯渇している。カラカルパクスタン共和国の首都ヌクスの周りはかつてアラル海だった地で塩が噴出している。『なんでこんな所に人が住んでいるのか』と思う地域だ。まあ、学者に『古代地球上の温度が数度低かった時があった。この時は今、砂漠と言われる地域が一番の適温で多くの人が住んでいた』と言う人もいるんだけどね。

このヌクスに一つの美術館がある。イゴール・サヴィツキー・カラカルパクスタン共和国国家美術館（ヌクス美術館）だ。世界にはピカソ美術館など、画家の名を付けた美術館があるが、イゴール・サヴィツキーの業績は画家としてではない。収集家としてだ。彼はもともと画家だった。一九五〇年、彼はカラカルパクスタンの遺跡発掘隊に参加した。発掘された遺跡の文物を描くためだ。彼は死に絶えた文明の発掘を手伝っていた。

カラカルパクスタンは元来、ユーロペオイド（青銅器時代以来のステップ住民）とモンゴロイド（東方からの移住民）がいて、独自の文化を持っていた。だが、このカラカルパクスタンの文化も、押し寄せるロシア化、ソ連化で、消滅しそうになっていた。それで彼はカラカルパクスタン博物館をつくった。カラカルパクスタン博物館の創設で、この国の文化の伝承は守られた。

その保存が軌道に乗った時に、ふと彼はソ連、ロシアの絵画について考えた。十九世紀末から二十世紀初め、ロシアには「ロシア・アヴァンギャルド」という動きが詩・文学、音楽、映画などの分野に生まれた。絵画ももちろん、この動きの一角を占めた。しかし、スターリン体制になって、この動きは反体制の烙印を押された。この当時の作品を持っているだけで、罪に問われた。人々は罪を恐れて、美術品を次々に処分していった。貴重な絵画がどんどん消滅した。

サヴィツキーは次のように考えた。『自分はカラカルパクスタンの文化の保存に成功した。しかし自分はもともとロシアの画家ではないか。今、ロシア、ソ連の絵画が抹殺されている。ヌクスは地の果てだ。ここに保管しておけば、さすがのKGBも追っかけてこないだろう』

彼はモスクワに行って政府が危険視する絵画を集めた。それをヌクスで保管した。噂を聞いて、ソ連の収集家がサヴィツキーの所に絵を送ってきた。噂を聞いて、強制収容所で描かれた絵が送られてきた。紙はマッチ箱くらいの大きさで、鉛筆で描かれている。

『滅びゆく運命にあった絵画』がサヴィツキーの下で生き残った。それがカラカルパクスタン共和国国家美術館だ。サヴィツキーが画家としてモスクワで活躍していたとしよう。旧ソ連時代、制約が大きくてたいした作品は描けなかったであろう。サヴィツキーが収集家として残した業績は、画家として残した業績をはるかに上回る。それも地の果て、カラカルパクスタンで生活していたからだ。

同じことは我々にも言えることだと思う。どこにいるかではない。どのポストかではない。何をするかだ。左遷される場所には、まあ、仕事の上で、未開の分野が山のようにある。

西京寺さん、左遷を恐れるな。左遷を恐れなくなると、できることはいっぱいある」

鳩山夫妻も熱心に話を聞いている。

孫崎はさらに加えた。

「あのアル・ゴアが、なんと一九九二年頃、この美術館を訪れています」

孫崎の話が終わると、鳩山夫人が小松を見て、「素敵な方ね」と言った。続けて「失礼だけど、おひとりなの？」と聞いた。

小松は「はい」と答えた。

今度は西京寺を向いて、「あなた、お子さんはいらっしゃるの？」と聞いた。

西京寺は「いいえ。私も独身ですので……」と答えた。

鳩山夫人が二人を見て、「あなたたち二人、独身なのね。お似合いのカップルのように見えるわね」と言ってほほえんだ。

それを聞いて小松は「どちらか一人の気持ちだけではカップルになれませんから……」と言った。

西京寺は驚いて小松の顔を見た。

小松も西京寺の顔をじっと見た。

鳩山夫人も驚いて二人を見た。

西京寺は鳩山夫妻の方を向いて、「長居をしてしまいました。本日はありがとうございました」と言い、小松と一緒に部屋を出た。


二人は黙ってエレベーターに乗り、十全ビルの前を通って交差点に来た。

西京寺は小松に向かった。

「『どちらか一人の気持ちだけではカップルになれませんから』って、プロポーズじゃないか」

小松は西京寺を見つめた。

「プロポーズかもね」

西京寺も小松を見つめた。

じっと、二人は見つめ合っていた。

「奈緒子さん。僕と結婚してください」

小松の目から涙が溢れ出た。

「なんで、その台詞、今まで言わなかったのよ。私十五年も待ったのよ」

「十五年」

「そう。外務省に入るために勉強会してた時から」

「いつでも言えると思って今日まで来てしまった。十五年も経ったのか」

「そう。十五年よ……」

二人はレストラン「黒澤」の前を通り外務省に向かって歩き始めた。

西京寺は小松に語り始めた。

「モスクワにいた時、チェーホフの『アリアドナ』を読んだ。なんとなくしか覚えてないから、間違っているかもしれない。

主人公の別荘の隣に別の別荘があった。ここに主人公より少し年上の男の人がいた。主人公はよくこの家に遊びに出かけていた。そこにアリアドナという妹がいた。主人公は彼女に恋をした。アリアドナも彼が好きなようだった。

この別荘にアリアドナの兄の友だちが来た。風采が上がらない。職もない。大学を出てぶらぶらしている。どこから見ても魅力がなさそうだった。ところが、主人公がこの別荘に出かけるとアリアドナがこの男と仲良くするふりをする。主人公はイライラする。するとアリアドナはますますこの男と仲良いふりをする。

そうこうしているうちに、アリアドナが急にこの男と『クリミアの別荘地に行く』と言って、二人は出かけてしまった。主人公はがっくりきた。

三週間くらいしてアリアドナから手紙が来た。『あなたが恋しい。クリミアのホテルに来て』。それで主人公はクリミアに飛んでいった。

アリアドナと男は別々の部屋にいた。三人は海水浴に行ったり、夜は酒を飲んだり、ダンスをしたりして楽しんだ。そして寝る時には三人別々の部屋に帰っていった。

主人公は申し訳ない気持ちになった。『アリアドナはクリミアの別荘地に来たかっただけなのだ。二人に男女関係があったわけではなかったのだ。それなのに男女関係があったと疑った自分はなんと卑劣か』

一週間くらいして男が主人公に『自分の部屋に来てほしい』と言った。部屋へ入ると男は『お金を出してほしい』と言った。『なぜ』と聞くと、『思わぬ出費になった』と言う。『どうしたの』と聞くと、『あなたが来たから余分な金がいった』と言う。さらに『どうして』と聞くと、『実は私たちはもう実質夫婦なんだ。あなたが来るまでは、ずーっと、一室で暮らしていた。ところがあなたが来て、アリアドナは、別々の部屋を取りたいと言う。夜、三人別々の部屋に行ってから、彼女がまた私の部屋に来て二人で寝ていた。一部屋はなんの意味もない。あなたに私たちが夫婦生活をしていないということを見せるだけの部屋だ。私は金があまりない。だから、この特別の支出はあなたに払ってほしい』

　主人公はこのお金を払った。

　するとこの男は『アリアドナがあと三週間くらいこのホテルにいたいそうだから、そのホテル代も出してほしい』と言った。主人公はこのお金も出した。

　それから何年経過しただろうか。モスクワ駅に避暑地からの列車が到着した。憔悴しきってモスクワに帰ってきた。きれいに着飾った女性が汽車から降りてきた。彼女は小さな子犬を連れていた。犬ははしゃいでプラットホームを跳んでいく。女性は綱を持ってゆっくり歩いていく。その後ろに、なんとよく見ると我々の知った顔の男がいる。我々の主人公だ。荷物をたくさん背負って、アリアドナの後ろから歩いている。しかし、彼のなんと幸せそうな顔であることか。

　以上がチェーホフの短編です。今なら、この主人公になってもいいと思えるよ」

「そしてアリアドナは私ということ？」

「まあね」

「私は自分の荷物ぐらい持ちます」

「そりゃそうです」

「私をアリアドナにするの、少しひどくない？　少なくともステファンはぐうたらではなかったわ」

「まあね」

二人は並んで歩いていた。

「奈緒子さん。犬を飼おうよ」

「どんな品種の犬？」

「ペキニーズはどう？　名前はプフィーなんてどうかな。ペキニーズってコロコロしてるだろ。小熊のプーに似ている。でもプーは英語じゃ『うんち』という意味があるらしいんだ。『うんち、うんち』と呼ばれるんじゃかわいそうだ。それで勝手にFYをくっつけて、プフィー。どう？」

「プフィーか。かわいい名前ね」

西京寺は小松にプロポーズするシーンをいくつも描いてきた。豪奢なレストランとか、一緒に海岸にでもドライブに出かけた時とか、ロンドンやパリとか。

もちろん彼が最初にプロポーズの言葉を言う。

しかし、展開は全く違う形で進んでしまった。「どちらか一人の気持ちだけではカップルになれませんから」と先手を取られた。そして「結婚してください」は交差点の信号待ちの時だ。でも幸せいっぱいだ。

横を見ると、小松の目にはまだ涙が溢れていた。

西京寺は「お茶でも飲みますか」と聞いた。

二人はせっかく渡った信号を、また渡り直した。

議員会館の裏の道を通り、日比谷高校の横に出た。最高裁判所や国立劇場の後ろを通り、麴町警察署に出た。小松のマンションンの近くである。

十全ビルから小松のマンションまでは約三十分だ。彼女の興奮もさめた。彼女は新聞記者相手の商売道具にカラオケセットを持っている。

「私が最近、中島みゆきを歌っているの知ってるでしょう。今、歌ってあげる」

小松は歌いだした。

あたし中卒やからね　仕事をもらわれへんのやと書いた
女の子の手紙の文字は　とがりながらふるえている
ガキのくせにと頬を打たれ　少年たちの眼が年をとる
悔しさを握りしめすぎた　こぶしの中　爪が突き刺さる

私、本当は目撃したんです　昨日電車の駅、階段で
ころがり落ちた子供と　つきとばした女のうす笑い
私、驚いてしまって　助けもせず叫びもしなかった
ただ恐くて逃げました　私の敵は　私です

ファイト！　闘う君の唄を
闘わない奴等が笑うだろう
ファイト！　冷たい水の中を

ふるえながらのぼってゆけ

暗い水の流れに打たれながら　魚たちのぼってゆく
光ってるのは傷ついてはがれかけた鱗が揺れるから
いっそ水の流れに身を任せ　流れ落ちてしまえば楽なのにね
やせこけて　そんなにやせこけて魚たちのぼってゆく

勝つか負けるかそれはわからない　それでもとにかく闘いの
出場通知を抱きしめて　あいつは海になりました

ファイト！　闘う君の唄を
闘わない奴等が笑うだろう
ファイト！　冷たい水の中を
ふるえながらのぼってゆけ

（「ファイト！」）

また、小松の目に涙が溢れてきた。「傷ついてはがれかけた鱗が揺れる」西京寺を思ってか、闘う西京寺と一緒になる連帯感か、結婚する喜びか、何がなんだか分からずに溢れてくる涙だった。

高尾山（2）

七月十三日、二人はまた高尾山に来た。

二人は結婚することにした。話すことは山のようにある。しかし、西京寺は小松に最初に言っておかなければならないことがあった。

「これから自分は尖閣諸島のことで発言する。必ず外務省の幹部が怒る。その時には今度は在外勤務を命じられるだろう。結婚しようと決めたけれど、一緒に暮らせないだろう。それでもいいか？」

高尾山を登りながら、彼は小松に説明をし始めた。顔を見ないで話し続けられるので、負担が少なかった。

小松は答えた。

「もちろんよ。私はあなたみたいに抵抗していく力はない。周りと手をつないでいく生き方しかできない。でも、私はあなたの生き方が素晴らしいと思う。自分ではできないけど、あなたの一番の理解者だと思ってる。その側にいられることを誇りに思うわ。離れるなんてなんでもない。休暇はあるし。どこかに左遷されても私は休みをとって会いに行く。うまく日程が合えば途中の国で落ち合うことだってできるわけだしね」

小松は幸せな気持ちでいっぱいだった。

これから登る二人の道は平坦でないかもしれない。踏ん張って登らなければならないかもしれない。だが、二人が同じ目標を持っていることに疑問を挟む余地はなかった。

国際情報統括官室（4）

二〇一三年七月十七日午後三時、西京寺は局長付に客が誰もいないことを確かめた。坂本統括官の部屋をノックし中に入った。

朝は世界各国から情報が入ってくる。坂本統括官も各大使館からの電報をチェックする。最低三〇〇通くらいはざっと見る。そして、昼食は外交団と意見交換をする時が多い。もちろん、米国のCIAや英国MI6、イスラエルのモサド等の諜報機関の人間とも会う。橋本首相時代にロシアの諜報機関、ロシア対外情報庁（SVR）とも公的接触を持つことを決めたので、こことも接点がある。

坂本の仕事が一段落するのが午後三時以降である。

坂本は「おう。君か」と応えた。「なんだか思いつめたような雰囲気じゃないか」と冗談ぽく続けた。

「統括官、少しお時間ありますか。尖閣の問題でご相談したいのです」

坂本は机の後ろの椅子から立ち上がって応接セットの方に移動しながら、「君も座れよ」と長期戦の用意をした。

「統括官、ご承知のように尖閣諸島の海は危ないです。中国海警局の船が頻繁に尖閣周辺の海に入っています。日本の海上保安庁の巡視船と衝突し、発砲騒ぎになっても不思議はありません」

統括官は「そのとおり」と言って、星条旗新聞（米国の準公式軍機関紙）に掲載された日中の船舶が異常接近している写真を見せた。

西京寺は勢い込んで話し続けた。

「統括官、日中双方とも、紛争をエスカレートさせないための合意を早くしないと本当に危険です。その手がかりは尖閣問題の棚上げ合意しかありません」

「西京寺くん。私も君と同じ意見だよ。で、君は何をしたいのかね。その相談に来たのだろう」

坂本は淋しそうに話した。

「我々の仕事は情勢分析だ。政策形成ではない。政策を協議する時に、我々を呼ぶか否かは地域局が決めることだ。君も私も『棚上げ論』ということは知れ渡っているから、呼ばれない。なす術がない」

西京寺は「だから」という表情で話しだした。

「それは私も知っています。異なった意見を持てば、政策論争に招かれない。世界各地で起こっています。イラク戦争の時には、慎重論を唱えたリチャード・ハース国務省政策企画局長も議論から外された。しょうがないから彼は外交問題評議会に移って論陣をはっていましたから。私は今の外務省で意見を述べたところで受け入れてもらえるとは思いません」

「で、君は何を私に相談したいのかね」

「外で発言します。外務省の外で発言したいのです」

「外務省の幹部連中が知ったら怒るだろうな。『省の方針に反して発言した』と言って」

「構いません」

「『構いません』では済まなくなるだろう。また、ここから出ていくことになる」

「構いません」

「そうか……。それで私に何をしてほしいのかね」

「発言の場を探すお手伝いをしてほしいのです」

「そりゃ、無理だろう。霞クラブは外務省の説明を記事にしているのだ。外務省ににらまれる記事を紹介するはずがない」

「分かっています。それ以外で、たとえ影響力が小さいと思われるものでもいいのです。いつまで発言が許されるかも分かりません。でも発言したいと思います」

「じゃあ、外務省の影響外のメディアで発言したいということか」

「そうです」

「孫崎享に聞いてみるか。君も大分知っているのだろう」

「ええ。でも統括官からもよろしく言ってください」

「だけど、西京寺君。外務省の幹部は怒り狂うよ。その時、私は君の力にはなれない。相手はあまりに強力だ」

「結構です」

「ウズベキスタンに飛ばされるかもしれないよ」

「結構です」

「分かった。君の人生だ。君が納得できる生き方をすればいい」

孫崎亨の自宅（1）

二〇一三年七月十七日午後九時半、西京寺は小松の携帯に電話した。

「今晩これから会えない？　尖閣の問題で相談したい」

二人はグランドアーク半蔵門のラウンジ「ラ メール」で十時に会うことにした。小松のマンションは歩いていけるし、西京寺の最寄り駅である表参道も半蔵門線で一本だ。

尖閣諸島問題が緊迫していること、日本政府が棚上げの解決を否定していることこそ問題であることを、二人はよく知っていた。西京寺は簡単に坂本統括官との間の会話を知らせた。そして、孫崎亨に頼んでソーシャル・ネットワークで発言していく方針を伝えた。

小松は「もし大手メディアで発信したかったら、何人かにあたってもいいわ」と言った。

西京寺は笑って、「奈緒子さんの魅力にすがりつくことはやめておこう。記者だって君に頼まれれば困惑するばかりだ」と返事した。

翌日夜九時、西京寺は孫崎亨の自宅を訪れた。

西京寺は丁重に話し始めた。

孫崎は二〇一〇年くらいからツイッター、動画発信も始めた。ＩＷＪ（インディペンデント・ウェブ・ジャーナル）、デモクラＴＶ、「杉並からの情報発信です」等のソーシャルメディアと関係をつくった。

ソーシャルメディアには二つの流れがある。

一つは独自の視点を提供しながら、既存の報道機関の代替を目指すもの。

もう一つはできるだけ細分化を図り、治安当局の弾圧に抵抗しようとするものである。安倍政権のメディア規制の動きはどんどん強化された。それに対抗するため、意識的に細分化し、発信を続けていた。

孫崎は西京寺に聞いた。

「で、何を主張したいの」

西京寺は自信を持って答えた。

「尖閣です。棚上げ路線を維持する必要性です」

孫崎は了解した。いくつかの連絡先を示した。これで西京寺は相当数のソーシャルメディアで発言することになる。

機密情報をばらすわけではない。したがって公務員法に違反するわけではない。中国問題は第三国際情報官室首席事務官の職務の範囲内である。あとは発言の前に、所定の書式に従って発言することを外務省に通知すればよい。法律や外務省の規則に反することをするわけではない。

孫崎は付け加えた。

「ラジオの文化放送に『おはよう寺ちゃん』という番組がある。寺島尚正氏がパーソナリティを務めている。私は今、この番組のコメンテーターとして出ている。彼にしゃべらせてもらえるように頼んであげます。岩波書店の『世界』にも寄稿できるように話してみます」

孫崎は西京寺に「君、何年生まれ?」と聞いた。彼は「一九七七年生まれです」と答えた。「私は一九四三年生まれだから三十四歳の差か。実はね。私は三十歳くらい上の先輩に助けられたことがあるんです」と言って話し始めた。

「昔の外務省は年齢が離れていても、一緒に働いたことがなくても、後輩を助けるってことはよくあったんだよ。私の三十年くらい先輩に中山賀博という人がいた。駐ベトナム大使、駐フランス大使をしていた。経済畑の人だったんで、私は一緒に仕事をしたことが全くなかった。それがなんの縁か、食事に誘ってくれるようになった。私も適当なことをしゃべっていた。

私はカナダ勤務を終えて日本に一九九二年に帰ってきた。この時、カナダがいかに米国との関係で苦労しているかを本に書いていた。『カナダの教訓――「日米関係」を考える視点』というタイトルだ。出版したいと思ってもコネがない。原稿のコピーを中山元大使に送ったんだ。そしたら『これはぜひ出版しなければならない。でも自分には出版会社にコネがない。幸いある会社から一〇〇万円もらってきた。これを持って出版社に当たれば、少しは役に立つかもしれない』という連絡がきたんだ。この助成もあって、『カナダの教訓』が出版された。それが、私が本を書く契機と言っていい。

外務省は本当にいい官庁だったんだよ。知的水準の高い人が綺羅星のごとくいたし、人情家も多かった。世代を超えて学び合い、助け合うという風潮が外務省にはあった。今は偉くなるための互助組織はあるようですけどね」

孫崎享の自宅（2）

西京寺は「大手メディアは尖閣諸島問題では首相や外務省の言うとおりに報道する」と確信していた。だから西京寺の主張を大手メディアが報じてくれる可能性はなかった。

彼はソーシャルメディアで発信することを決めた。まずニコニコの「孫崎享チャンネル」で発信した。孫崎のツイッターのフォロワーは二〇一三年現在で七万名を超えている。ニコニコ動画配信「孫崎享チャンネル」も二五〇〇名を超えている。孫崎享はソーシャルメディアとのつながりを次のように説明した。

「私は二〇〇九年に防衛大を辞めたのです。その直前、『日米同盟の正体——迷走する安全保障』を書きました。日米安全保障関係は変容して、今や『米国は米国の軍事戦略のために自衛隊を使う』ことを目指し始めたと書きました。ちょうど民主党が政権を取った直後で、日米関係の見直しが図られる時だったので、大変な関心を呼びました。

それでいろんな所に講演に行きました。ある時、京都の弁護士会に行きました。講演が終わって、みんなで飲もうということになり、ホテルのラウンジで飲んでいたら、塩見卓也氏や渡辺輝氏ら若手の弁護士がこう言うのです。『先生の話を若者に広げてほしい。それにはツイッターをしなけりゃ駄目ですよ』

私はすぐビックカメラ有楽町店に行きました。あそこには書籍コーナーがあります。コンピュータ関係の本がいっぱいあります。『はじめてのツイッター入門』を買ってきて、その日の夜に発信し始めました。しばらくしてフォロワーが五〇〇名になりました。うれしかったですね。五〇〇名もフォローしてくれる人がいると思うと。

私は国際情勢をツイートしていました。そのうちに福島第一原発事故が起こりました。ツイッターを見ている人から『孫崎さん。国際情勢どころじゃないでしょう。全力で原発関連を報じてください』とお叱りのツイートが来ました。

当時は本当にひどかったです。福島原発事故の情報は海外の方が日本国内よりも分かるんです。日本政府は米国等外国には知らせていた。しかし国民には隠蔽していたのです。それからTPP、集団的自衛権、憲法問題と次々に問題が起こりました。

そのうちに、ニコニコの大塚結実さんが来て『ニコニコ動画』の配信を始めたのです。月一〇五円で発信したのですが、ニコニコは安すぎると言って大変嫌がりました」

西京寺は孫崎の質問に答える形で尖閣問題を話した。次いで、IWJのオフィスがある飯倉片町に向かった。約五千人の会員がいる。オフィスに行くと、プロレスラーのような人が出てきた。岩上安身である。空手道大道塾のモサという。

岩上はフリーのジャーナリストとして活躍してきたが、IWJは現場主義である。二〇一二年七月五日、福島原発事故後、初めて大飯発電所が再稼働した。この時はデモ隊と警察隊とのにらみ合いが起こったが、ＩＷＪは徹夜で実況中継を行った。また、小沢一郎バッシングの厳しい折、直接インタビューを行っている。

新宿・喫茶室「ルノアール」

都営地下鉄新宿三丁目駅徒歩一分、ビックスビル地下二階に喫茶室「ルノアール」の貸し会議室がある。

二〇一三年七月二十日午後八時、ここで「杉並からの情報発信です」の山崎康彦と会った。正確には山崎康彦らと会った。普通、初対面の時には名刺を交換する。この「ルノアール」では何人かとは名刺の交換がない。名前も名乗らない。

早速、西京寺は尖閣諸島の問題を話した。

据え付けのカメラで放映する者もいる。この中に「杉並からの情報発信です」が入っている。その他さまざまな手段で直接放映したり録画したりする者が八名いる。終わってから、山崎ら一〇名と西京寺が話を始めた。山崎はソーシャルメディアの役割を解説してくれた。

「私はメディアを三つに分類しています。第一のメディアは御用メディアと言っていいと思います。日本の首相官邸や官庁には、『記者クラブ』があります。基本的に首相官邸や官庁の言い分をそのまま報じます。まあ、大本営発表と言っていいでしょう。戦前と同じです。大手新聞社六社とＮＨＫおよび日本テレビ、テレビ朝日等のテレビ局です。二〇一二年、自民党が勝利して安倍政権になってから締め付けが厳しくなりました。

第二のメディアは、第一のメディアに属さない中小の新聞社や出版社やテレビ局およびフリージャーナリストや学者などが発信するものです。一応、独立色を持っています。しかし、新聞という媒体、テレビという媒体を使うことがほとんどであるため、第一のメディアに真っ向から対立すると同じように締め付けがきます。

これらと全く異なるメディアがソーシャル・ネットワークで、第三のメディアと言っていいと思います。メール、ホームページ、ツイッター、YouTube 等です。この媒体は安い。どんな個人でも参加できる。圧力がかけられない。ツイッター等は無料で発信している。圧力のかけようがない。

私が心がけているのは発信基地を無数に持つことです。そうすれば全部を潰そうとしても難しくなります。ソーシャル・ネットワークに一千万人が入ってくれれば日本が変わると思っています」

直接放映したり録画したりする者が八名もいるのは、まさに「発信基地を無数に持つ」の具体例である。一人であればそれが押収されてしまえば終わりである。八名が分散して発信すれば、全部を抹殺するのは難しい。話をすると、どうも山崎は学生運動の闘士であったらしい。そのうちの一人が話し始めた。名刺をくれなかった人物である。名前を名乗ったが、どうも偽名のようだ。

「西京寺さん、政府と異なる意見を吐いていくことは大変なことです。私たちが分散作戦をとっているのは、七〇年学生運動の痛い経験からですよ。あの当時、学生たちはなぜあんなにお互いに激しくいがみ合ったか。公安警察がそれぞれのセクトに侵入してきていたのです。そして別組織に挑発的言動をする。これでエスカレートしていって、一般学生が学生運動から身を引いた。

これは世界共通なのです。二〇一一年、米国大統領選挙の前の年、米国では、『ウォール街を占拠せよ』を合言葉とする若者たちの抗議行動が始まりました。参加者の大半は、これまでデモに参加したこともない十代後半から二十代前半の若者たちでした。連日一〇〇〇人から一五〇〇人ほどが集まり、瞬く間に全米に広がりました。一%の富裕層が国全体を支配しているということで、運動側は『我々は九九%だ』と主張して支持を広げました。

この中に警察官がもぐり込み、意識的に先導し、警察と衝突させました。こうして運動を過激化させ、一般市民との距離を置かせたのです。

ソーシャル・ネットワークも同じように潰しにくると思います。だから無数の発信拠点を持つ必要があるのです。同時に、ソーシャル・ネットワークは大変重要な役割を果たすようになりつつあります。だから、西京寺さん、あなたがソーシャル・ネットワークを使って発信しようとしているのは正解ですよ」

確かにこの第三のメディアの重要度は日増しに高まっている。これより少し後になるが、二〇一三年頃に面白い現象が起きた。シリア問題だ。シリア政府側が化学兵器を使用して数百人殺したとして、米国が懲罰のためシリアを空爆しようとした。しかし世論は、空爆支持が二六%、反対が六一%だった。イラク戦争では賛成が五九%で反対は三七%、アフガン戦争では賛成が八二

%で反対が一四%、湾岸戦争では賛成が六二%で反対は三三%だったから、全く逆の結果である。なぜ、こんなことが起こったのか。一九八〇年頃は、米国民の五〇%、約半分が大手メディアを信頼していた。しかし、二〇一三年の世論調査では、新聞への信頼はわずか二三%、テレビへの信頼度も同じく二三%だった。国民の四分の三がメディア報道を信頼しなくなったのだ。オバマ政権がメディアを使って世論操作をしようにも、メディア不信があるため成功しなかったのである。

では米国民はどこから情報を取ってきていたのか。有力なソースがソーシャル・ネットワークだったのである。

西京寺はルノアールでみんなと別れた。山崎康彦だけが駅まで送ると言ってついてきた。そして改札の前で言った。

「西京寺さん、頑張りなさいよ。私の座右の銘で西郷隆盛の言葉です。『命もいらず、名もいらず、官位も金もいらぬ人は、始末に困るものなり。この始末に困る人ならでは、艱難を共にして国家の大業は成し得られぬなり』。『官位も金もいらぬ』だけでも、できることは一気に広がります」

外務省・次官室(2)

二〇一三年八月十九日十一時、坂本国際情報統括官は次官室に入っていった。

次官は笑みを浮かべて迎え、「頑張っているようだね」と労った。

二人は応接セットに座った。

「今日はなんですか」と次官が聞いた。

「尖閣問題です」と答えると、一瞬次官の顔が曇った。

「次官、最近栗山さんが尖閣問題で発言したり、書いたりされているのをご存じですか」

「知っています。それだけじゃない。栗山さんとは夕食も一緒にしています」

「そうですか。では、彼の発言を十分にご存じですよね」

「知っています」

「そうですか。それなら私から言う必要はないと思います。私自身も栗山さんの意見と同じです。尖閣諸島の問題を棚上げするとの暗黙の了解はありました。棚上げは紛争を沈静化させる手段です。このまま日本が『尖閣諸島は日本固有の領土である。外交問題は存在しない』という立場をとり続けるのは危険だと思いまして、本日参上したのですが、次官がすでに栗山さんの見解をご存じなら、もう私としては何も言うことはありません」

「安倍首相は聞く耳もたないよ。あなたもそう思うでしょう」

「それはそのとおりです。お時間取らせて失礼しました」

坂本は次官室を出た。

「自分はこれ以上何ができるだろうか。次官は自分の言いたいことは理解している。その上で現在の方針を取っている。仮に棚上げがいいと判断したとして、安倍政権の下で何ができるか」

坂本は淋しく自分の部屋に向かった。

文化放送「おはよう寺ちゃん」

孫崎享は二〇一三年四月より、文化放送で毎週木曜日の朝六時十分から七時までの時間帯に放送される寺島尚正の番組「おはよう寺ちゃん」にコメンテーターとして出ている。孫崎は寺島尚正と千吉良直紀ディレクターに「ゲストとして西京寺に話をさせてあげてほしい」と依頼した。

八月二十六日、千吉良から西京寺に、「大体どんなことをお話しになりたいか、あらかじめ寺島氏に知らせておきたいので、これから放送作家二人を送ります。竹西亮と大竹将義です。若いのですが、彼らに説明していただけますか」と連絡があった。二十八日、二人は外務省に来て簡単に打ち合わせをした。

文化放送はJR浜松町駅のほぼ隣にある。

二〇一三年八月二十九日、西京寺は朝の五時半に文化放送に着いた。文化放送の建物の九階にスタジオがある。六時八分、スタジオに入るように指示された。寺島は満面の笑みで迎えてくれた。

流れは、日々のニュースを寺島が紹介する。これに孫崎がコメントする。寺島は朝五時から放送しているので事前の打ち合わせはない。

「じゃあよろしく」という挨拶を交わした後、寺島は西京寺の方を向いて話した。

「今日の特別ゲストを紹介します。外務省第三国際情報官室首席事務官といういかめしい肩書きですが、どんなお仕事ですか」

「中国や朝鮮半島などの情勢分析です」

「どうでしょうか。最近の東アジア情勢で何か危惧されていますか」

「ええ、尖閣諸島が大変きな臭くなりました。軍事衝突が起こるかもしれません。場合によったら戦争状態になる可能性すら秘めています」

「西京寺さんは今『軍事衝突が起こるかもしれません』とおっしゃいました。どうしてですか」

「ご存じのように、日本は『尖閣諸島は日本のものだ』と主張しています。さらに、『尖閣諸島は日本のもの』だから、これを明確にする行動を取るべきだと主張する声が高まっています。もし日本が、『尖閣諸島は日本のもの』だからと、これを明確にする行動を取れば、中国は必ず日本と同等、ないしはそれ以上の行動を取ります。双方が強硬路線を取れば必ず衝突します。軍事紛争になります」

「でも、日本の一部に『決着をつけろ』という声がありますが」

「一旦紛争が勃発すると、軍事紛争はあるところで収まる可能性は低いのです。尖閣諸島上での紛争が海上や上空での戦いに、そしてミサイル戦にまで発展します。日中の軍事紛争になった時に自衛隊が勝つというシナリオはありません。仮にある時期に一方が勝っても、他方は力を蓄え、また奪いに来る。領土紛争で、『完全に決着をつける』ということはないのです」

「では、どうしたらよいのでしょうか」

「一九七二年と一九七八年に日中首脳は『尖閣諸島問題を棚上げにする』ということで合意しま

した。日中双方で『互いに繁栄の道を歩もう。その際、解決の知恵がつかないなら、触らないでおこう』ということにしたのです。いわゆる『棚上げ方式』と呼ばれるものです。

中国は今でもこの方式を守ると言っています。今年の六月には、王毅《ワンイー》外相が『棚上げを』と主張しています。この方式は実は日本に有利なのです。

第一に日中双方が自分のものと主張する中で日本の管轄が認められています。

第二に棚上げしている間は、軍事力は使用されません。

第三に日本の管轄が続けば、日本の法的立場は強くなります」

「西京寺さん、あなたの最も言いたい点を最後にまとめてください」

「はい。分かりました。

尖閣諸島について、日本から『領有権をより強固にするため』という行動を決して取ってはいけません。特に武力を伴うものは絶対にやってはいけません。中国が必ず反応して武力衝突になります」

寺島は「はい、西京寺さんでした。今日は堅い話でしたが、お聞きになっていた皆様はどのようにお考えでしょうか。ではここで、いつものとおり孫崎享のリクエスト曲を送ります。今日はビートルズの『イマジン』をお送りします」

中国中央電視台（ＣＣＴＶ）

九月五日十時、中国の中国中央電視台（ＣＣＴＶ）の李衛兵《リーウェイビン》東京支局長から外務省の西京寺に突然電話があった。

「文化放送聞きました。尖閣問題でインタビューしたい」

「分かりました」と言うと、「今日にでも」という話になり、三時に約束した。至急、会議室を探してセットした。

インタビューする李とカメラマンの張剣《ヂャンジェン》がやってきた。

李は真剣な表情で説明した。

「去年の九月十日、中国外務省副報道局長は、日本の国有化に『日本のいかなる一方的な措置も不法かつ無効であり、中国は断固として反対する』という発言をして、大デモが中国各地に起こりました。その一周年が近づいています。

私たちはなんとかして沈静化させたいと思っています。しかし、日本の声は依然強硬です。それをそのまま伝えたら火に油を注ぐことになります。その中で、文化放送の西京寺さんの話を聞きました。ぜひインタビューお願いします」

西京寺は合意した。カメラマンがセットにかかった。

西京寺が李に「あなた、日本語うまいですね」と言うと、「北京外国語大学」で習ったのだという。「じゃあ、飛び抜けて優秀だったでしょう」と言うと、「そうじゃないんです。私たちのクラスは生徒が十五名いて、女性八名に男性七名。女性が圧倒的に優秀で上から八番まで女性です。男性は九番から十五番です。ですから、男性はどうしたら一番になるかではなくて、どうしたらビリにならないかの競争でした」

和んだ頃にカメラの準備ができた。西京寺が話し始めた。

「今、日本と中国の間で尖閣をめぐって大変緊張が続いています。こういう時こそ、先人の知恵を学ぶ必要があるのではないでしょうか。私は中国の歴史を少し勉強しています。私は周恩来《チョウエンライ》首相と鄧小平《トンシャオピン》副首相は偉大な政治家だと思います。日本側も中国側も、周恩来首相と鄧小平副首相の知恵を学んでいく必要があるのではないでしょうか」

西京寺は「周恩来首相と鄧小平副首相の知恵」ということで棚上げを主張した。

九月七日夜七時、最も人々の見る時間に、中国中央電視台で西京寺の発言が流れた。

十一日、李が興奮した声で西京寺に電話をかけてきた。

「あなたの発言、中国では大変評価されています。何億もの人があなたの発言を聞いたのです。日本人にもこういう人がいるのかって。外務省からも党からも、いい取材をしたではないかと褒められました」

外務省アジア大洋州局会議室

九月十二日十一時、西京寺の机の上の電話が鳴った。

「中国・モンゴル課の敦賀です。話し合いたいことがある。午後三時頃、空いていませんか。アジア大洋州局の会議室を押さえてあるのでそこに来ていただけませんか」

敦賀は西京寺の五年先輩である。外務省では二年違ったら「人と猿の差がある」と言われるほどだから、圧倒的に上になる。

三時、西京寺がアジア大洋州局の会議室に出かけると、敦賀だけでなく、北米第一課首席の小浜もいた。

敦賀は怒りに満ちた声で話した。

「早速だけど、君、最近尖閣問題でCCTVに出たそうじゃないか。それだけじゃない。雑誌『世界』にも寄稿しているし」

西京寺はこの場は無事に収まりそうもないことを感じ取り、戦闘モードに入った。

「そうですか。皆さんフォローしてくださっているのですか。内容も把握されていますか。私が省内に同じ見解を紙で回した時には、お二人とも無視されていたようですけど」

小浜が言った。

「実は官邸から石川局長の所に苦情が来た。官邸に『外務省の西京寺という者が中国のCCTVに出て、尖閣問題で政府の方針と違うことを言っている』というクレームが来たらしい。

官邸サイドで調べてみると、孫崎も文化放送で日本のとるべき態度は棚上げと主張していることが判明した。それで官邸から、『外務省はどうなっているのか』と石川局長の所に非公式に照会が来た」

「面白いですね。官邸の苦情がアジア大洋州局長でなくて、北米局長の所にいったのですか。石川局長の信頼は抜群ですね」

「そんなことはどうでもいいだろう。官邸が君の発言は困ると言ってきたのだ」

「私は、自分では正しいことを言っていると思っています」

小浜と敦賀が同時に言った。

「外務省の方針と違うだろう」

「外務省の方針が間違っています」

「それは省内で発言すればいいだろう」

「省内には私は紙を回しています」

「外に向かって発言することは許せん」

小浜と敦賀は頭に血が上っている。西京寺もまた、同じように感情が昂っている。

西京寺はできるだけ平静を装って話した。

「事態は外務省の規律が、という次元を超えています。日本の国家が危機に瀕する瀬戸際に来ているのです。棚上げがないことを前提に日本が自国の立場を固めようと行動をとれば、中国は必ず反応する。紛争が目に見えているのです。

国民は事実を知る権利がある。危機が迫っていることを知る権利がある。

外務省はそれを知らせる義務がある。外務省全体として義務を果たすことができないなら、知っている外務官僚が話す義務がある」

それに対して敦賀が言った。

「何言ってるんだ。君の言ってることは間違っているのだよ。尖閣は日本固有の領土なんだ」

「歴史的にはそうは言えません。日本は一九四五年八月十五日、ポツダム宣言を受諾しました。そこには、『〈カイロ〉宣言ノ条項ハ履行セラルヘク又日本国ノ主権ハ本州、北海道、九州及四国並ニ吾等ノ決定スル諸小島ニ局限セラルヘシ』と書いてあります。固有の論は本州、北海道、九州及四国にしか該当しません」

「日本は一八九五年に日本のものにしたんだ。『先占の法理』といって国際的に認められている」

「『先占の法理』は『原住民が支配していた地域でも、正当な政府が主張したものでないから彼らには主張する権利がない。ちゃんとした国家が声明しなければならない』とする法律論で、先住民の権利を無視したものです。だから先住民の権利を認めようとする現在の国際政治には合わなくなっています。『先占の法理』は今では国際的に通用しません。一九七〇年以降、国際司法の場では使われていません」

「なんだ、君は。外務省の見解を受け入れないのか」

「外務省の見解に無理があるのです」

二人はにらみ合っていた。

「まあいいや。棚上げの合意はないんだからな」

「あります」

その西京寺の言葉を聞いて、敦賀が得意げに言った。

「君は資料を持っていないだろう。資料は中国・モンゴル課が持っている。資料を持っているわが課が合意はないと言っている。それで終わりだ」

「終わりではありません。一九七二年、国交回復時の条約課長の栗山氏が『棚上げの合意はあったと了解している』と話しています。あなた方は私に論を撤回しろと言っていますが、栗山氏に同じセリフを吐けますか」

にらみ合いが続いた。

「とにかく、君は外務省に多大な被害を与えている」

「あなた方が国民に正しい情報を伝えないで、間違った方向に持っていっていることが、どれだけ日本に大きな被害を与えているか考えてみたらいいでしょう。少なくとも園田外務大臣と鄧《トン》小平《シャオピン》副首相のバーベイタム（一語一句そのまま）の会談録を発表したらどうですか。中国側は関係者が公表しているんですから。まさか皆さんは日本の民主化の度合いが中国の民主化の度合いより低くていいと思っておいでではないでしょうね」

「君、言いすぎだろう」

小浜北米第一課首席が割って入った。

「何がですか」

「『どれだけ日本に大きな被害を与えているか』と言っただろう」

「言いました。事実だからです」

「分かった。もう話にならん。敦賀、帰ろう。こんな奴相手にしてもしょうがないよ」

国際情報統括官室（5）

九月十三日、西京寺は坂本情報統括官に呼ばれた。

「まあ、座ったらいい。石川局長が人事課長に『西京寺を情報統括官組織から出せ。在外にやれ』と言ってきたそうだ」

「そうなると思っていました」

「君、小浜と敦賀と喧嘩したのか」

「喧嘩というよりは、口論に近いと思います」

「今や外務省の若手は石川局長が次官になると思って、雪崩を打って石川局長に尻尾を振っている。石川局長は石川局長で、ここが力の見せどころとばかり、若手の意見を聞いている。そこに君の事件が出たというわけだ。どうするかね」

「どうするかと言われましても、外に出るよりしょうがないのでは……」

「行き先に希望はあるか。ワシントンって言っても駄目だぞ」

二人は顔を見合わせて笑った。淋しい笑いである。在米国大使館に行くことはない。在英国大使館、国連日本政府代表部等華やかな大使館に行くことはありえない。

左遷される人間が行く場所ではない。

「テヘランでお願いします。そもそもケチの付き始めはイラン問題ですから、イランと心中します。今、国際社会における一番の問題地域ですので、勉強してきます。世界の最優秀の外交官や情報部員が集まっているでしょうから、彼らの力量を見てきます」

「イランか。ジョギングはできないぞ」

「ランニング・シャツとランニング・パンツで町を走ったら、宗教警察に捕まるでしょうね。イランの宗教体制の下で、リベラルな人々がどう生きているか、抵抗しているのか、屈しているのか、それも見てみたいと思っています」

イランではジャーナリストが不屈の闘いを続けていた。政府に都合の悪い記事が出るとすぐ発禁になる。すると翌日には新聞名を変えて発行する。逮捕されても、出るとまた発行する。二〇〇三年、二〇〇九年、二〇一二年と記者が殺害されている。

坂本は弱々しく言った。

「いつか外務省が君を必要とする日が来ると思うよ。正確に言えば、来てほしいと思うよ。勉強は続けてほしい。イランの後は英国の国際戦略研究所（ＩＩＳＳ）かチャタムハウス（王立国際問題研究所／シンクタンク）で学べるようにするから、勉強は続けてくれ。イランの後にＩＩＳＳやチャタムハウスに君を行かせることくらいは私でもできる」

「ありがとうございます。お願いします」

応無所住　而生其心（応《まさ》に住《じゅう》する所《ところ》無《な》くして而《しか》も其《そ》の心《こころ》を生《しょう》ずべし）

二〇一三年十月一日発令があった。

「在イラン大使館参事官　西京寺大介」

西京寺はイランへの転勤にさして驚かなかった。自分の希望したポストでもある。来るべきものが来たという感じだった。婚約者の小松奈緒子にしても同じだった。

尖閣諸島の問題は外務省にとって最も微妙な外交問題である。

外務省は「尖閣諸島は日本固有の領土であり、なんら外交問題はない。棚上げ合意はない」という方針である。

その中で、たとえ地位は首席事務官と低くとも、省内で「棚上げ合意が存在していた」と発言する者のいることは具合が悪い。

外務省幹部にとって都合がいいのは、左遷の場所には事欠かないことだ。

外務省員は大使館勤務を前提に入ってくる。大使館勤務を命じられて「NO」とは言えない。

十月一日夜十時、二人はまた、グランドアーク半蔵門の「ラメール」で会った。

西京寺は小松に言った。

「『植えられた場所で花を咲かせ』、覚えてる？」

「もちろん。ヒラリーの言葉でしょう。あなたが中東アフリカ局第二課首席のポストを追われて、今のポストに行った時、私があなたに言った言葉よね」

「そう、その時私は君に言った。『地獄の最も暗黒な場所は道徳的危機の時に中立を保っていた人のために用意されている』」

「そうよね」

「今日はね。また、新しい引用を持ってるんだ」

「何？　ダンテよりすごいの？」

「たぶん、ダンテよりすごいと思う」

「本当？」

「本当！」

　西京寺はもったいぶって言った。

「応《おう》無《む》所《しょ》住《じゅう》　而《に》生《しょう》其《ご》心《しん》（応に住する所無くして而も其の心を生ずべし）」

「へー、今度は仏教を持ち出すんですか」

「いろんな解釈があるんだけど、『こころをとどめている人々は努めはげむ。かれらは住居を楽しまない。白鳥が池を立ち去るように、かれらはあの家、この家を捨てる（心淨得念　無所貪樂已度癡淵　如鴈棄池）』が一番しっくりくる」

　西京寺は改めて小松に言った。

「本当のところは残念なんだ。日本にとって尖閣諸島は重要だ。今、日本は間違った道へ行こうとしている。日中が『俺のもの』と主張している中で、『棚上げ』にして紛争を避けなければならない。誰かが発言していかなければならない。

それを私が少しやった。でも限界も見えているんだ。どんなに頑張ったって外務省の中ですら皆を説得できないんだ。まして日本国中の人々をどう説得できるというんだ。『外務省の皆様、今、西京寺を必要とする時ですよ』とか、『日本の皆様、今、西京寺を必要とする時ですよ』とか言ったって、『馬鹿か』と言われるくらいだ。

残念だ。このままいったら、いつ軍事衝突が起こるか分からない。中国は日本と同等の行動をとる。どっかで紛争が起こってもなんらおかしいことはない。自分が在外公館を回っている間に不祥事は起こるかもしれない。それを防ぐために頑張りたいと思う。

外務省を飛び出したところで、大手マスコミは誰も相手にしてくれない。ソーシャルメディアはまだ力がない。『コイは跳ねてもいいが、池の外に跳び出したらそれきり日干しだぞ』だ。田中角栄が自民党総裁選挙に出ようとしていた中川一郎に言った言葉だけどね。

幸い、私自身、ペルシアに関心がある。政治だけじゃなくて、イランの文学も勉強してくる」

小松は西京寺の悔しさが痛いほど分かった。おそらく尖閣問題を理解しているという点では、彼は今や日本で有数の人物になっている。

「でも外務省が西京寺を必要としない。日本が西京寺を必要としない。だけど、西京寺は『植えられた場所で花を咲かす』抵抗力は持っている。『応無所住　而生其心』で生きていくはずだ」

小松は幸せに感じていた。

「自分は西京寺にはなれない。西京寺のように闘えない。西京寺のように、孤立に耐えることはできない。自分は優等生なんだ。でも西京寺を応援することはできる。彼がポキッと折れそうな時に、外から水をかけて潤してあげることはできる」

西京寺は異動の準備を始めた。そんな時、「おはよう寺ちゃん」の寺島尚正から手紙をもらった。


西京寺さん。この間は朝早くから「おはよう寺ちゃん」に出ていただいて、ありがとうございました。聴取者より多くのコメントが寄せられました。

「尖閣諸島問題で何かおかしいなと思っていたことがすっきりしました」

「現役の官僚があんなに明快に述べるのに驚きました」

「寺ちゃん、また西京寺さんを呼んでください」

外務省の国際情報官組織は尖閣諸島以外にもいろいろ扱っていると思います。

またお声をかけますので、ぜひ出てください。


西京寺はうれしかった。激励してくれた聴取者の人々。寺島尚正。

だが、西京寺はもう彼らの期待に応えられない。西京寺はふと思った。

「自分はイランに赴任する。いつ日本に戻れるのだろう」

終章　尖閣諸島問題の未来

第三国際情報官室（2）

二〇二一年二月、西京寺は室長として、かつて首席事務官として勤務した第三国際情報官室に戻ってきた。

この室の責任者はさまざまな名称で呼ばれてきたが、今は「室長」で落ち着いた。

彼は二〇一三年十二月に在イラン大使館、一七年より英国国際戦略研究所、一八年から在中国大使館勤務を経て、東京に戻ってきた。

坂本統括官は西京寺と同じように、二〇一三年十二月に駐イスラエル大使、一五年一月に駐オーストラリア大使になり、一七年四月に退官した。ポスト的にはなんら問題がない。むしろ素晴らしいキャリアを踏んで退官したといえる。

二〇一二年、イラン問題の議論が次官室で行われた時に、西京寺に対して「西京寺君、君ね。発言十年早いんだよ。まあ課長にでもなってから、ここに出てきて、その時発言したらどうかね」と言った石川北米局長は、本人の描いた筋書きどおり次官に昇進し、次官三年目を終えんとする異例の長期政権に入っている。

石川次官のすごさは「力の強い者の考えを自分の思想とする」ということになんの躊躇もしな

いことにある。これはどの世界でもいえる一つの生き方である。

かつて、安全保障のコメンテーターとして頻繁にテレビに登場していた人物がいた。彼はこう

言った。

「学者はね、テレビに出るでしょう。それで自分の意見を述べるでしょう。一発で駄目。テレビ

には番組の筋書きがある。その筋書きで話をしてくれなきゃ、さよなら！　よ。僕なんか、テレ

ビが話してくれと思っていることを話す。だから最も需要があるわけ」

日本はそういう社会になったのだ。

西京寺は八年ぶりに日本に帰ってきた。

日本は八年の間にすっかり荒廃していた。

二〇一三年四月、柳井ユニクロ会長が次のような発言をした。

「将来は、年収一億円か一〇〇万円に分かれて、中間層が減っていく。仕事を通じて付加価値が

つけられないと、低賃金で働く途上国の人の賃金にフラット化するので、年収一〇〇万円のほう

になっていくのは仕方がない」

二〇一三年当時、多くの人はこの発言を馬鹿にした。しかし、日本はあっという間に柳井会長

が指摘した社会に突入した。

最初にこの現象が出たのは地方である。

二〇一三年、地方の介護分野で働く人は非正規で月十五万円になった。日本はその後インフレが進んだため柳井会長の指摘するとおりになった。

「年収一〇〇万円化」にはいくつかのステップがあった。特に労働環境である。派遣労働がすべての職種に適用可能となった。

同年八月二十日、厚生労働省の研究会が「派遣労働をどんな仕事にでも適用する」方針を出した。労働政策審議会が法改正の準備を進め、二〇一四年に法案が提出された。

二〇一二年の段階で、大卒の中で「安定的な雇用に就いていない人」は二二・九％だった。「派遣労働をどんな仕事にでも適用する」制度で、非正規は一気に拡大した。二〇〇九年、二〇一〇年、韓国での非正規が四五％を超え、日本の識者は「だから韓国は駄目」と批判していた。しかし、この数字が日本に押し寄せた。柳井が述べる「低賃金で働く途上国の人の賃金にフラット化」だ。

拍車をかけたのが会社の統廃合である。新聞・テレビの報道分野が特に顕著だった。会社の統廃合で前の企業との契約は消滅した。俺は「正規雇用」だから安泰と思っていた者が、あっという間に「非正規」に陥った。まず非正規、そして低賃金、絵に描いたようなシナリオだ。

日本の人々の生活環境を変えたものがさらにある。

日本は二〇一五年、ＴＰＰに参加した。

これが日本社会を根本的に変えた。

多くの国民はＴＰＰになんの危機感も持たなかった。「米国と緊密になるのはいいんじゃないか」とたかをくくった。

坂本国際情報統括官のかつての上司であった孫崎享は、二〇一三年にＴＰＰの危険性、特にＩＳＤ条項（投資家対国家の紛争解決）については、「国家主権が侵される」と警告していたが、徹底して無視された。

日本がＴＰＰに加盟するや、米国系企業など多国籍企業が猛然と襲いかかってきた。医療分野がずたずたになった。

米国系企業はＩＳＤで「高額医療、高額薬を国民健康保険の対象から外しているのは企業の活動を阻害している」と相次いで提訴した。

薬品一つの認定が遅れているといって、一億ドルの訴訟がなされた。二〇一二年にイーライリリー社が特許を認められないことで一億ドルの訴訟をカナダ政府に対して起こしたのと同じ現象だ。この訴訟で、日本政府は敗退した。それ以降、日本政府は無差別に高額医療、高額薬を国民健康保険の対象とした。支出が大幅に増大したため、国民健康保険は事実上崩壊した。国民はアフラック等の高額保険に加入せざるをえなくなった。必然的に保険に入れない層ができた。日本は、米国のように年収によって平均寿命に差が出る社会になった。

さらに、インフレの進行で年金の実質価値がどんどん下がった。「年収一〇〇〇万円」の層も拡大した。加えて、国家の締め付けが飛躍的に増大した。

二〇一三年、元CIAのスノーデンが「米国のNSA（国家安全保障局）がMicrosoft・Yahoo!・Google・Facebook・PalTalk・YouTube・Skype・AOL・Apple等の情報をすべて監視できる」と暴露した。技術的には「NSAがその気になれば米国大統領も盗聴できる」段階になっていた。

日本の治安当局は、日本の個々の人間の発言内容をチェックし始めた。

政府に不都合な発言をして、それを収入源とする媒体をチェックした。雇用している企業には「貴社の社員が反社会的発言をしている」と通知した。新聞社やテレビ局には「偏向した発言者を使うのはいかがなものか」と通知した。これでリベラル層の発言を封じ込めた。

リベラル層は政治分野で壊滅した。

政策はますます大多数の国民の利益から遊離した。

国民の不満は高まる。

政府は不満をそらせるため、ナショナリズムを煽り、近隣諸国への憎悪、敵視をかきたてた。

その最たるものはヘイト・スピーチだ。

二〇一三年、西京寺が日本にいた時に、ヘイト・スピーチの行進が行われている東京・新大久保に出かけた。町は騒然としていた。

「死ね」「国交断絶しろ」という過激なプラカードに驚いた。

「日本から出て行け。何が子供じゃや、こんなもん、お前、スパイの子供やないか」「殺せ、殺せ、朝鮮人」「ガス室に朝鮮人、韓国人をたたき込め」「みなさんが憎くて憎くてたまらないです」「いつまでも調子に乗っとったら、大虐殺を実行しますよ」

こうした発言は一部の人だけではなかった。

国会議員までが行っていた。

片山さつきは元大蔵省主計官の自民党参議院議員である。彼女のツイッターにこんなツイートがあった。

「昨日飛行機で隣り合わせた台湾女性ビジネスマン、『台湾と中国の人の最大の差は価値観。お金のため人殺しというのは台湾にはない』と、明快でした」

国民の不満は外国に向かわせればよい。政府は外国の脅威を煽る報道機関を積極的に支援した。

政府は依然として自民党政権である。

二〇一二年の選挙で大勝した。その後も国民の意思を反映してくれる政党は全く出てこなかった。二〇一六年秋の衆議院選挙、二〇二〇年秋の衆議院選挙と、自民党の大勝が続いた。しかし、自民党政権で国民の多くの生活が明らかに悪化した。ようやく国民は「自民党は自分たちを守る政党ではない」と分かってきた。

国民の不満が大きくうねり始めた。

それと連動するかのように、政府の対中国姿勢はますます強硬になっていた。

大泉首相は閣僚懇談会で「尖閣諸島が日本固有の領土である。これをもっと明確にする措置をとるように」と指示した。

米国・ワシントンのヘリテージ財団（3）

ヘリテージ財団のヴォーゲル上級研究員（東アジア担当）は、財団の会議室にＣＩＡ（中央情報局）、ＤＩＡ（国防情報局）など諜報機関の面々を集めた。国務省の日本部の人間も参加した。クリングナー元上級研究員も参加した。世代交代で、上級研究員の座はヴォーゲルに譲った。外部からマイケル・グリーンも参加した。

メイ教授も参加した。一九四〇年生まれだからもう八十二歳になる。しかし、メイ教授は自民党を中心に根深い影響力を持っている。彼は「自分が日本の首相を決めている」と思っている。首相交代の時期が近づくと、国務省や国防省は「誰が首相にふさわしいか」聞いてくる。もちろん日本国民にとってではない。米国にとってである。また、その時々の首相の政策が米国の利益から離れた時には「外せ」と提言する。これらの提言は実行されてきた。だから、メイ教授が「自分が日本の首相を決めている」という台詞もあながち嘘ではない。

今日の議題は「今後の対日政策について」である。

メイ教授が概観を述べた。

・首相を含め、日本政府は完全に米国の掌握下にある。

・自民党の政権維持は今後とも続く。

・リベラルグループには結集力が全くない。

・世論の自民党に対する不満は高い。この危険を排除する必要がある。

次いでＣＩＡ職員が東アジア情勢全体を述べた。
・中国はＧＤＰで米国を抜いた。
・中国は軍事力も米国と拮抗する事態が予測される。
・台湾、韓国は完全に中国圏に入った。
二〇一二年、輸出相手国の割合が、台湾は、中国：二六・八％、米国：一〇・九％と中国の比率は米国の約二・五倍だった。韓国も同じぐらいで、中国：二四・五％、米国：一〇・七％だった。

この比率がますます中国側に増した。

韓国には日本のように中国への敵視感はない。
・東アジアにおいて我々に残された拠点はもう日本しかない。これを死守する必要がある。
・日本も対中国輸出の比率が増えているので、放置しておけば中国寄りになる。人為的な事件を起こす必要がある。
・尖閣諸島で騒動を起こさせたらどうか。
・尖閣諸島が中国に取られた時に、米軍がなぜ出ないかという議論が出る。
しかし、「日本が守りきらない所でどうして米国人の血を流せるか」と言えばよい。「尖閣の次は沖縄を取りに来る。米軍がいなくていいか」と言えば、米軍の必要性を認識するだろう。

皆、ＣＩＡ職員の判断に同意した。

「じゃあ、どうすれば尖閣諸島で紛争になるか」という議論になった。

ＣＩＡ職員は「簡単だ」と言った。

「日本側に『日本の領土であることをもっと明確に打ち出さないと、中国が取りに来る』と言えばいい」

皆、この手順で動くことに合意した。

国務省は「分かった。石川外務次官に伝える。彼は自民党、新聞記者に工作をする」と述べた。

国防省も「分かった」と言った。

CIA職員が「もちろん我々も動く。紳士的でない方法でね」と言うと、皆がどっと笑った。

紳士的でない方法とは、脅し、ハニートラップ、賄賂等の手段を指していることは皆知っている。

北戴河会議（1）

北戴河《ベイダイハー》は北京の東三〇〇キロメートルほどにある避暑地である。

二〇一〇年代には北京から二時間弱の高速列車が走るようになっていた。

二〇〇九年まで万里の長城の東端とされていた山海関には、ライオンやトラなどを放し飼いにする広大な自然動物園が九〇年代初期にできている。北戴河の南にある南戴河《ナンダイハー》は長く美しい砂浜が続いている。今日では中国で最も人気のある保養地である。

要人の保養地は一般立ち入り禁止の区域にある。

二〇二二年七月、また中国要人が北戴河会議に集まる季節になった。

この年の会議は特に重要となった。中国共産党指導者の総入れ替えが起こる年になったからだ。

二〇一二年から続いた習近平《シーチンピン》主席、李克強《リーコーチアン》首相の時代が終わりを告げる。次世代の指導者が決まる。ここで新しい指導者が出て、また五年ないし十年もの間、君臨するのだ。

しかし、誰が次の政権を担うか、流れがなかなか決まらなかった。

習近平は国家主席として表向き圧倒的権力を誇ってきた。しかし、李克強首相グループは容易に崩れなかった。

李克強は中国共産主義青年団（共青団）を支持基盤としている。共青団は中国共産党による指導の下、十四歳から二十八歳の若手エリート団員を擁する青年組織である。共産党高級幹部を目指すためには、まず共青団に入団し、共産党に入党するのがエリートコースとされてきた。第四世代では胡錦濤《フーチンタオ》を国家主席にした。第五世代では、権力闘争で敗れた。国家主席の座をとれず、李克強が首相に甘んじた。

そして今、第六世代が出る時になった。胡春華《フーチュンファ》（一九六三年生まれ、政治局委員を経て、広東省党委書記）、周強《ヂョウチアン》（一九六〇年生まれ、湖南省党委書記を経て、最高人民法院長）、孫政才《スンヂオンツァイ》（一九六三年生まれ、重慶市党委書記）と人材を常に用意している。

共青団団員は二〇一二年末までに八九九〇万六〇〇〇人にも達している。これらの人間は共産党体制でなんらかの利益を得る。巨大な利益集団だ。

習近平はこの共青団に対抗する勢力の合従連衡と言っていい。軍や江沢民《チアンツォーミン》元国家主席の率いる「上海閥」や、中国要人の子弟でがっちり権益を握っている連中の「太子党」などさまざまなグループが集結した。二〇一二年に激しく争った戦いが、また再発した。

習近平グループは共青団に対抗するため、「切り札」がほしい。

それには常に「対日強硬路線」が魅力的である。

北戴河会議で午前の部分をあてて、対日政策を協議することになった。

北戴河会議（2）――外務省傘下の国際問題研究所は穏健路線を主張

国際問題研究所は中国外務省傘下にある研究所である。研究所員は約百名である。国際戦略研究部、世界経済研究部、米国研究部、アジア研究部、欧州研究部等がある。

最大の特徴は中国外務省との関係が極めて密接で、何名かの元大使が研究に従事している点である。

馬星《マーシン》研究所所長が報告にあたった。馬所長はこれまで、中国共産党政治局員クラスには何度も説明に訪れており、気後れするところが何もない。

「結論から申し上げます。わが国は尖閣諸島に手を出すべきでないと考えます。それは何も日本との関係が重要なのではありません。日本はもはや、死に体の国です。わが国の外交・安全で、もう日本を考慮する必要はありません。我々が必要とするもので、日本でなければ手に入らないものはありません。すべて、米国、EU、韓国から手に入ります。わが国と米国、EU、韓国との関係はどれも、日本との関係より良好です。

繰り返しますが、『わが国は尖閣諸島に手を出すべきでない』という私の主張は、日本との関係で論ずるつもりは毛頭ありません。

問題はわが国の生き方、共産党の生き方と関係しています。共産党は国民の支持なしに、中国全土を掌握できません。どのようにしたら国民の支持をとりつけられるでしょうか。

若者は共産主義になんの関心も示しません。人々の生活水準を上げること、これに尽きます。そのためには西側諸国に最高水準の技術を提供してもらう必要があります。世界の市場に中国製品を買ってもらう必要があります。さらに石油、天然資源を輸入する必要があります。

わが国は今、GDP世界一になりました。わが国は世界のどの国よりも現在の体制——自由貿易と他国へ攻撃しないという国連憲章に基づく平和の枠組み——で繁栄してきました。今後もその政策を維持すべきです。

仮に尖閣諸島をわが国が取ったとしても、中国国内は一時的に高揚するだけです。翌年、翌々年にはなんの効用ももたらしません。

米国を見てみましょう。米国は依然わが国に対する方針が固まっていません。金融界や産業界は中国と手を結ぼうとしています。軍産複合体は依然として、中国を敵視することで繁栄していこうとしています。尖閣諸島でわが国が動けば、後者にとって思う壺です。

以上より、尖閣諸島には手を付けるべきでないと思います」

馬星所長は出席者を見渡した。

外務大臣は「そのとおり」と幾度となくうなずいた。李克強首相もうなずいた。

話しながら習近平主席の反応をじっと観察していたが、表情には何も出なかった。馬星所長は、らなかった。

「尖閣諸島には手を付けるな」という自分の主張に対して習近平主席がどう思っているか、分か

北戴河会議（3）――中国軍が尖閣諸島を奪取するのは軍事的になんの問題もないと中国人民解放軍軍事科学院が主張

中国人民解放軍軍事科学院は、中国人民解放軍の最高学術機関である。戦争理論和戦略研究部、作戦理論和条令研究部、世界軍事研究部等を持つ。人民解放軍で最重要人物とみなされた葉剣英《イエチエンイン》が設立し、歴代の院長には各軍の参謀長クラスが就任している。

劉思敬《リウスージン》副院長が説明に立った。

中国の党官僚の説明は高圧的雰囲気を漂わせるが、軍人の説明はもっと強みを帯びている。「自分の説明は絶対である。何人にも疑問を挟ませない」という雰囲気がある。

「本日、政治的論点は排除する。これは皆様で議論いただきたい。私からは、純軍事的視点に限り説明する。

軍事的に見れば、尖閣諸島を奪還し、維持することになんの問題もない。米国や日本の軍事評論家の中にイージス艦によって制海権を確立するという説があるが、これはありえない。我々は対艦中距離ミサイル、対艦巡航ミサイルを開発してきている。イージス艦に対しても相当数のミサイルで攻撃すればひとたまりもない。米国国防省も第一次列島線内に米軍艦艇を入れて、わが

軍と戦闘することは不可能と認識している。

さらにわが軍は完全に制空権を握れる。数は圧倒的にわが軍が有利であり、質においてもわが軍は殲-20等の第五世代ステルス戦闘機の実戦配備を行っている。

次に奪還作戦について言及する。

端緒をつくることは日中いずれも可能である。

ケース一、日本が尖閣諸島に自己の主権を確立するため、港湾建設などの手段を講じた時には、即、中国側はこれを排除する行動に移る。日本側も看過できず、公権力を介入させるだろうが、これを利用し軍と軍の戦いに持ち込む。その際、中国側が圧勝することはすでに述べた。

ケース二は、わが方が民間を装いながら、島に上陸し、日本の公権力を引き出すことである。

軍事紛争は次の手順を踏む。

最初は沿岸警備の部隊同士の戦闘、次いで海軍の参加へとエスカレートさせる。その際、中国軍は直ちに制空権を確保し、日本の海上自衛隊の艦艇が活動不能となる状況をつくる。同時に早期の段階で、ミサイル部により日本列島近くの海域に警告のミサイルを発射しておくのが望ましい。場所は威嚇の実効性を高めるため、東京周辺とする。

次に米国の反応について説明する。

我々は毎年、米国と戦略対話を行っている。米国は我々と核戦争に突入する意思は全くない。核戦争にエスカレートする軍事的衝突を中国との間において行う意思は全くないのだ。米国はそのことを我々に繰り返し述べている。

日米安保条約の中で、米国は実質的に日本防衛の約束は何もしていないと説明している。日米安保条約で日本側に約束したことは、『自国の憲法上の規定及び手続に従って共通の危険に対処するように行動する』ということである。米国では交戦権は議会にある。この条文は米国議会に諮り行動する以上のことを何も言っていない。そのことを米国は我々に繰り返し説明している。米国は、NATO条約の規定『必要と認める行動（兵力の使用を含む。）を〔中略〕直ちに執る』とは根本的に違うことを説明している。

尖閣諸島で日中間の戦闘が起こったとしても米国が出てくる可能性はない」

劉思敬副院長は聴衆の質問を求めた。だがそれは形だけのことで「俺に異論を挟める者がいるか」という威圧的態度に溢れていた。

発言する者は誰一人いなかった。

劉思敬副院長は悠々と部屋を出ていった。

北戴河会議（4）――尖閣諸島をめぐる宣伝戦では中国が圧勝と劉江永が主張

最後に招かれたのは、劉江永《リウジアンヨン》清華大学当代国際関係研究院元副院長である。劉江永は一貫して日本に関与してきた。早稲田大学の博士課程でも学んでいる。

劉江永は党でも勤務している。

中国の外交は、大きく分けて、中央外事工作指導小組が政策を決め、外務省がこれを実施する。

「小組」というと小さな組織のように見えるがとんでもない。この組長は歴代、江沢民《チアンツォーミン》や胡錦濤《フーチンタオ》のような国家主席クラスが務めてきた。

その「小組」の「弁公室」が事務局を担う。そして劉江永はこの「弁公室」の参事官を務めてきた。だから、北戴河《ベイダイハー》会議に出席している重要人物のことはほとんど知っている。この重要人物たちに対日政策を説明してきたのが、劉江永であった。

劉江永は中国を牛耳る党幹部の前でも臆することは全くない。自分たちの仲間という意識がある。

「ご承知のとおり、私は日中関係一本でやってまいりました。尖閣諸島の問題には特に力を入れてきました。皆様の中には私が書いた『中日関係における釣魚島問題』をお読みになった方も多いと思います。これは今、英語などの各国語に翻訳されています。

日本は『固有の領土であって国際的になんら問題ない』という幼稚な論法しか使っていませんので、世界各国で全く相手にされていません。

第一に、日本は第二次世界大戦で敗れたのです。そこで日本は『日本国ノ主権ハ本州、北海道、九州及四国並ニ吾等ノ決定スル諸小島ニ局限セラルヘシ』ということを受け入れました。『本州、北海道、九州及四国』以外の島については固有の論は通じません。

さらに、『〈カイロ〉宣言ノ条項ハ履行セラルヘク』と言っています。カイロ宣言では『満洲、台湾及澎湖島ノ如キ日本国カ清国人ヨリ盗取シタル一切ノ地域ヲ中華民国ニ返還スルコト』と言っています。日本が尖閣諸島を日本のものとしたのは一八九五年一月、まさに日清戦争の最中です。中国の古文書を見れば、尖閣諸島が中国のものであった証拠は山のようにあります。今や、世界のどの国も『尖閣諸島は日本固有のものである』という日本の主張を支持していません。したがって、中国が尖閣諸島を自分のものにする行動をとっても、法律的に誰も非難できません。

『棚上げの合意があった。中国はこの合意を破った』と言われることが中国にとっての唯一の弱点ですが、日本は馬鹿ですから、自国に有利であるはずの合意をないと言っています。ですから、我々にとっては本当にやりやすいです」

劉江永は会場を見渡した。

皆、うなずいている。

当然である。長年、尖閣諸島に関心を持つ党幹部には劉江永自身が説明してきたのである。

北戴河会議（5）——結論：尖閣諸島は日本の動きに乗じて実効支配をする

習近平《シーチンピン》は安心して、尖閣諸島の論議を聞いていた。

ここには、なんの緊張もない。皆、うなずいている。

習近平はこの北戴河《ペイダイハー》会議において、人事など承認を得なければならない重要案件を抱えている。

少しでも合意をつくっておくことが望ましい。

中央外事工作指導小組弁公室に合意文書案の作成を命じておいた。

弁公室長に、簡単に説明するよう命じた。文書は極めて簡潔である。

「日本が尖閣諸島の主権をより確立させようとする時に乗じ、わが国は尖閣諸島の実効支配への行動をとる。この時は軍事行動も含む。軍事行動は海軍、空軍、ミサイル部隊の出動を容認する。具体的軍事行動は、中央軍事委員会に一任する」

誰にも異論はない。

特に軍人たちは喜色満面である。自分たちの活動の舞台が承認された。「最近の日本人はすっかり愚かになっている。自分たちの主張を貫けば相手国はなんの反応もしないと思っている」とほくそえんでいる。

外交関係に従事する者は、この行動で「中国が一方的に軍事行動をとった」と非難されるのを恐れているが、「日本が最初に行動をとり、それに合わせて中国が同じ行動をとる。そして日本の公権力の使用に対して中国が反応する」という形をとれれば国際的非難はない。

宣伝戦では日本側が主張する「尖閣諸島はわが国固有の領土であって国際的になんの問題もない」は事実を完全に無視した主張であるとして、国際的には軽蔑を持って見られている。

外交関係の者も「これでよい」と承認を与えた。

中国の文化関係者

二〇二一年二月に西京寺が第三国際情報官室長に任命される前、二年半もの間、彼は在中国大使館文化担当参事官であった。彼の専門は政治であるから専門外といえる。しかし、在中国大使館の文化担当を命じられた時、内心小躍りした。

政治はうつろいやすい。今日の出来事が明日の糧には必ずしもならない。しかし、中国の文化は何千年にも及ぶ蓄積がある。

西京寺は中国古典に没頭した。特に詩に没頭した。杜甫の「月夜《げつや》」を読んだ。

今夜鄜州月
閨中只獨看
遙憐小兒女
未解憶長安
香霧雲鬟濕
清輝玉臂寒
何時倚虚幌
雙照涙痕乾

今夜　鄜州《ふしゅう》の月
閨中《けいちゅう》　只だ獨《ひと》り看《み》るらん
遙《はる》かに憐れむ小兒女《しょうじじょ》の
未《いま》だ長安を憶《おも》ふを解《かい》せざるを
香霧《こうむ》に雲鬟《うんかん》濕《うるお》ひ
清輝《せいき》に玉臂《ぎょくひ》寒からん
何れの時か虚幌《きょこう》に倚《よ》りて
雙《なら》び照らされて涙痕《るいこん》乾かん

「今夜鄜州の月を、妻はひとりで見ているだろう。遥かに哀れに思うのは、小さな子供たちが、長安にいる父のことをまだわからぬことだ。香霧に妻の黒髪は潤い、月の光を受けて肌寒い思いをしているだろう。いったいいつになったら二人して虚幌（とばり）に寄りかかって、ともに月を見ながら涙の乾く日が訪れるだろうか」

小松と結婚はしたが、任地はばらばらだ。

西京寺は日本の歌手が中国で公演することを積極的に手伝った。中国では嵐や中島みゆきの人気が高かった。特に、きゃりーぱみゅぱみゅの歌はうけた。中国の若者たちがきゃりーぱみゅぱみゅの踊りに合わせて踊っていた。

西京寺は多くの日本の歌手と一緒にコンサート会場に行く機会を得た。

これで思わぬ副産物があった。

習近平《シーチンピン》の妻、彭麗媛《ポンリーユアン》は人民解放軍で少将の階級を得た歌手である。中国での紅白歌合戦に相当する「中国中央電視台春節聯歓晩会」にレギュラー出演していた。長い間、習近平は中国国内では習近平本人としてでなく、彭麗媛の夫として有名だった。

彭麗媛は「中国中央電視台春節聯歓晩会」にレギュラー出演するくらいだから、仲のいい芸能人やテレビ関係者がいる。周りには、彼女を通して習近平に情報を流したいという人が蠢く。西京寺は日本の歌手の公演を手伝うことで、このグループと近くなった。大使館の政治部が持っていない人脈を築いた。

北京を去る時、彼らから緊急時の連絡先をもらった。その人間が西京寺に北戴河《ベイダイハー》会議を教えた。

「日本が尖閣諸島の主権をより確立させようとする時に乗じ、わが国は尖閣諸島の実効支配への行動をとる。この時は軍事行動も含む。軍事行動は海軍、空軍、ミサイル部隊の出動を容認する。

具体的軍事行動は、中央軍事委員会に一任する」

ホテルグランドヒル市ヶ谷（1）——米軍は尖閣諸島に出てこない

海上自衛官の最高位は海上幕僚長である。

昔の軍隊の位の大将に相当するのは、統合幕僚長・陸上幕僚長・海上幕僚長・航空幕僚長の四人である。

防衛大学校の卒業生が出てきてからは、「大将」のポストは防衛大卒業生が占めてきた。

二〇一九年、南山雄太が海上幕僚長に就いた。彼は防衛大卒ではない。

南山雄太が海上幕僚長に就いた時には「当然」と言う人と「まさか」と言う人の両方に分かれた。「まさか」のグループは、防衛大卒でない者が「大将」になるなんてありえないと考える人たちである。

南山は米国の海軍兵学校、アナポリス卒業である。

日露戦争前、二〇名程度の日本軍人がアナポリスで学んだが、その後、日本人がアナポリスで学ぶことはなかった。「もはや外国から学ぶことはない」と高慢になったのか、米国が日露戦争後、日本を仮想敵国とみなしたのか、日本人は誰もアナポリスに入学していない。

南山はたまたま高校生の時、カリフォルニアに夏期講習に出かけた。そこでなんとなく、アナポリスの募集要項を見た。中に「すべての国家の国民に受験資格がある」という記載を見つけた。

大阪の米国総領事館に聞くと、大丈夫だという。それで試験を受けて入学した。卒業すると、いくつかの商社から来ないかという誘いがあったが、彼は自衛隊に入った。さらに防衛大学校の修士課程を卒業し、海上自衛隊きっての理論派に育った。また、英国国際戦略研究所にも勤務した。彼はアナポリス卒業後も米国の同期生と連絡を取っていた。当然、同期生は米軍の要職に就いていく。

同期生は時々、南山に国際情勢を教えてくれる。この情報は国防省対防衛省の情報交換のように、形式ばった、通り一遍のものではない。

南山は同級生に中国の情報を求めた。

米国は中国と戦略的対話を実施している。両国は核超大国である。どちらかが核兵器で攻撃したら、国は全滅する。「好きだ」、「嫌いだ」ではない。相手からの攻撃はどんなことがあっても避けなければならない。そのためにはお互いがどのような軍事行動をとる方針であるか詳細に報告し合う。国防大臣、参謀総長、大佐クラス、大尉クラスとさまざまなレベルで意思の疎通を図っている。

中国共産党の北戴河《ベイダイハー》会議の模様は、中国軍部の国防大臣、参謀総長、大佐クラス、大尉クラスから米側に伝えられた。

「日本が尖閣諸島の主権をより確立させようとする時に乗じ、わが国は尖閣諸島の実効支配への行動をとる。この時は軍事行動も含む。軍事行動は海軍、空軍、ミサイル部隊の出動を容認する。具体的軍事行動は、中央軍事委員会に一任する」

米国国防省は日本に「尖閣諸島では慎重に対応するように。軽はずみなことをすれば大変危険である」という警告を発した。

しかし、防衛省はこの警告をあまり重くとらえなかった。これまでも幾度となく発せられてきたことであるし、特段新しいことはなさそうに見えた。

海上自衛隊と米国海軍の間には防諜装置のついた直通回線がある。どの部署にいてもコードを使えばこの回線が利用できる。

二〇二二年七月十九日、南山海上幕僚長の米国海軍作戦部長との間の直通電話が鳴った。米国海軍作戦部長は大将、つまり海軍のトップである。

「ヘイ、雄太。元気かね」

なつかしい声だ。マイケル・マレンからだ。みんなジミーと呼んでいた。名前はマイケルだからジミーとは全く関係がない。顔がジミー・カーター元大統領に似ていたので、皆、ジミー、ジミーと呼んだ。彼は、「雄太。北戴河会議のこと、聞いているか。重大な決定が出されたぞ。気をつけろよ」と言って、「日本が尖閣諸島の主権をより確立させようとする時に乗じ」云々の北戴河会議の決定事項を伝えた。

南山はすぐに海上幕僚監部の主要メンバーを集め、この情報を紹介した。統合幕僚長、陸上幕僚長、航空幕僚長にも連絡した。統合幕僚長には「内局（防衛省は軍人的な制服組と、シビリアンの内局組と二つに分かれている）には私からは連絡しない。必要ならあなたの方から言ってくれ」と連絡しておいた。

南山は北戴河会議の模様には驚かなかった。中国側にしてみれば、当然すぎる結論である。自衛隊の制服組は皆、それくらいの常識を持っている。

問題はこうした常識が日本国内に広がっていないことである。

尖閣諸島問題は海上自衛艦がどう対応するか以前に、尖閣諸島に対してどのような政策を出すかが極めて重要であると思っている。しかし、それは海上幕僚長の仕事ではない。ただ自衛隊は、事実関係は正確に伝えなければならない。

こうした時にOBの発言が貴重である。

ホテルグランドヒル市ヶ谷は防衛省のすぐ近くにある。制服組のOBはここで安全保障の勉強会を開く。勉強会の一つが「東アジアの安全保障研究会」である。その主催者の一人が飯山誠元海将補である。

南山は飯山元海将補に北戴河会議の決定を連絡した。飯山は「そうか。そこまではっきりと共産党が決めたのか……。分かりました。いくつか説明しておきましょう」と言った。

飯山は七月三十一日の日曜日、早速会合を開き、参加者に北戴河会議の決定を説明した。そして、「米国はどう出るかについて、皆さんのご意見を伺いたい」と言った。

資料として歴史的事実を記したレポートを提示した。

尖閣問題についての米側発言の歴史的経緯

（1）米国は領有権問題については中立

二〇〇四年三月二十四日、エレリ国務省副報道官は次の立場を表明し、以降米国はこの立場を踏襲している。

・一九七二年の沖縄返還以来、「尖閣列島は日本の管轄権の下にある。一九六〇年安保条約第五条は日本の管轄地に適用される」と述べている。したがって第五条は尖閣列島に適用される。

・尖閣の主権は係争中である。米国は最終的な主権問題に立場をとらない。

副報道官は「一九六〇年安保条約第五条が適用される」と言っている。しかし「自動的に米軍が関与する」とは言っていない。この両者に如何なる違いがあるか。

安保条約第五条は「自国の憲法上の規定及び手続に従つて行動する」と言っている。米国では戦争宣言を行う権利は議会にある。行政府ではない。議会は行政府から独立して決定する。

一九五一年の旧安保条約について、当事者の責任者ダレスはフォーリン・アフェアーズ誌（一九五二年一月号）で「日本の安全と独立を保障する如何なる条約上の義務も負っていない」と述べた。米国が日本の防衛に負っている義務は、「議会の意向に従う」という留保付きである。

（2）駐日大使の、安保条約は米国の軍事介入を意味しないという発言

一九九六年九月十五日付ニューヨーク・タイムズ紙は、「モンデール大使は『米国は（尖閣）諸島の領有問題にいずれの側にもつかない。米軍は（日米安保）条約によって介入を強

制されるものではない』と述べた」と、同じく十月二十日付で「モンデール大使は『常識であること、つまり（尖閣）諸島の（中国による）奪取が（安保）条約を発動させ米軍の軍事介入を強制するものではない』と示唆した」と報じた。

（3）二〇〇五年十月、米国側の国務長官と国防長官、日本側の外務大臣と防衛庁長官の間で署名された「日米同盟　未来のための変革と再編」では「島嶼部への侵攻への対応」は日本独自で行うことが想定されている。この時点で仮に中国が尖閣諸島を占拠し確保すれば、中国が管轄する地になる。その際には安保条約の対象から離れる。

（4）米国高官の発言

アーミテージ元国務省副長官が、『文藝春秋』二〇一一年二月号の対談で「日本が自ら尖閣を守らなければ（日本の施政下ではなくなり）我々も尖閣を守ることが出来なくなるのですよ」と述べた。

飯山は「皆さん、この報告に何か意見はありませんか」と聞いた。

山口昇が手を挙げた。陸上自衛隊出身で、最も戦略通という評判の人である。在米国大使館防衛駐在官、陸上自衛隊研究本部長などを歴任している。

「仮にある日、突然中国軍が上陸して五星紅旗が掲げられたとしましょうか。日本ですら日の丸を掲げたことのない島に中国の五星紅旗が揚がるのであれば、理論上、日本は瞬間的でも施政権を失っているように見える。

安保条約は『日本国の施政下にある領域の武力攻撃』に対処するものである。要するに、安保条約の適用外だ」

皆びっくりして、山口を見た。

彼は「安保条約の適用外だ」と言った。米軍は出てこないと言った。

彼は陸上自衛隊きっての理論家である。その彼が言うのである。在米大使館防衛駐在官時代をはじめ、米国軍人と豊富な意見交換を行ってきている。

皆黙っている。

「我々は今まで何を考えてきたのだろう」と沈鬱な顔をしている。

「そうか、米軍は出てこないのか」

ホテルグランドヒル市ヶ谷（2）——自衛隊は勝てない

ホテルグランドヒル市ヶ谷の研究会はだんだん盛り上がってきた。

「中国けしからん。米国に頼らずとも、あいつら懲らしめてやらなきゃいかん」

「イージス艦でぶっぱなしてやれ。三分で中国の艦船は全滅だ」

「中国をつけあがらせるな。ここでがつんとやっておかなければ、日本まで飲み込まれてしまう」

その時、隅の方で静かに座っていた男が手を挙げた。「誰だ?」「どこの者だ?」とささやき声が聞こえる。

「私、防衛大二〇期の村木俊雄と言います。パイロットでした。今日、山口昇さんがおいでになるということで、無理を聞いてもらって入れてもらいました。山口さんは私の二年先輩で、学生時代から大変に尊敬いたしています。今や日本の安全保障の最大の論客になられて、後輩としてうれしい限りです」

ざわついた空気も収まった。

「私はパイロットでした。尖閣の上空を何回飛んだか分かりません。私は尖閣周辺を飛ぶ時にはいつも、今日は最後になるかもしれないと飛んでいました。中国が脅しをかけてくるのです。私の機の周辺も中国機が飛びます。皆さんもそうでしょうが、私は机の中に家族への遺書を入れていました」

会場がしーんとした。

「申し訳ございません。少し言わせてください。

皆さん、『中国やっつけろ』と言われていますが、本当にやっつけられると思っておいでになるのですか。軍事の専門家なら勢いに任せてしゃべるのはやめるべきではないでしょうか」

皆、怪訝そうな面持ちで聞いている。

「私はパイロットですから空の観点で情勢を見ていますが、戦争が始まったら、イージス艦対中国の艦船で終わるとは思えません。戦艦大和の無残な姿を見てください。爆撃されて蜂の巣のようになって沈みました。一九四五年でそうです。今はミサイルもある。飛行機はとてつもなく発達した。飛行機が出ずに海戦だけで終わる戦闘ってあるんですか」

「おいおい」という声が聞こえる。会場がざわつき始めている。

「今や、中国と日本の航空自衛隊とを比べたら比較にならないんです。

空を飛べば分かりますが、尖閣から台湾までは一瞬です。中国にとっての一番の正面は台湾でした。二〇一〇年の時でも中国は台湾に三〇〇機配備していました。全部で一五〇〇機ありました。当時F-15に相当する最新式のSu-27は約四割ですから、台湾正面には一二〇機です。我々のF-15と中国のSu-27は、速度や運動性、兵装搭載量もほぼ同じで実力は拮抗と見ていました。それで、日本側はこの地域に一〇機とか二〇機。どうすればこれで勝てますか。

そのうち中国はどんどん近代化しました。二〇一六年には、ロシアのSu-35を配備しました。F-15の第四世代を超えて、第四++世代です。戦闘能力、瞬間的に超音速で加速する能力においてF-15の上なんです。さらに、殲-20（J-20）を開発してきました。ステルス性を持つ第五世代機です。

もう今や、数、質ともに中国が上なんです。それだけではありません。私はF-15で離陸する時、いつも思うんです。中国がミサイルで滑走路を撃ってきたらどうなるか。我々は飛び立てないんです」

村木は周りを見渡した。

「私たちは専門家なのです。政治のデマゴーグじゃないはずです。専門家として、国民に日中の軍事バランスを客観的に説明すべきです。

すみません。今日は突然参入いたしまして。尊敬する山口先輩の話を聞きたくて会議に出てきましたのに、皆さんの話を聞いてついつい興奮して話してしまいました。どうぞお許しください」

村木はホテルグランドヒル市ヶ谷を出ると、JR市ヶ谷駅の方に向かって歩いた。

自衛官人生を振り返って「あの時、発言すればよかった」と悔やむことが多くある。「これを言ったら上司ににらまれるだろうな」「評価に響くだろうな」「昇進に差し支えるだろうな」と幾度も思った。

でも一番怖かったのは仲間から外れる恐れだった。今日、自分が話したことで「なんだ、あの男は」と皆、言っているだろう。

しかし、今日くらいすがすがしい気持ちで帰れる日はない。

彼は歩きながら考えていた。

「現役の時、なんであんなに発言することにびくびくしていたんだろう。星の数（自衛隊員は階級章をつける。昔の大将、中将、少将に相当する将官は桜星をつけ、統合・陸上幕僚長が四つ、陸将が三つ、陸将補が二つ。海・空も同じ）が一つ二つ違ったってなんということはなかったのだ。もっと早く自分の確信することを言っておくべきだったのだ。

我々は命を投げ出す覚悟をしている。自分の命も、そして部下の命も自分の命令次第だ。だったら、現役時代、なぜ命がけで、あるべき姿を主張してこなかったのか」

村木には悔やむ気持ちがある。同時に、今日の発言でわずかだが取り戻した気持ちもあった。

首相官邸

二〇二二年八月五日十一時、大泉首相は石川外務次官、木内防衛次官を官邸に呼んだ。池田官房長官、および山田内閣調査室長も同席した。

大泉首相は石川外務次官、木内防衛次官の二人を見やって、次のように述べた。

「私は近く、一〇名程度、尖閣諸島に自衛隊員を常駐させる構想を発表しようと思う。最近の中国の動向は極めて不審なものがある。漁船がわが国の領海に入ってくることは日常茶飯時になってしまった。海上保安庁の船が退去命令を出しても、錨を下ろして動かない。『中国領土奪回』ののぼりを掲げている漁船もある。いつ尖閣諸島に上陸する者が現れるかもしれない。わが国の断固たる姿勢を示す時期だと思う。

外務次官、この判断に何か異存があるか」

石川は「中国との間で大変なことになる」と直感した。

彼はすぐに、数日前に山田内閣調査室長が警告してくれたことを思い出した。

山田は次のように説明してくれた。

「首相は最近の支持率低下を心配している。何も、今の首相のせいではない。自民党支持層だった高年齢層が怒り始めている。インフレで年金の価値がどんどん減った。消費税が上がった。生活を切り詰めるしかない。ＴＰＰ参加によって実質的に国民健康保険は崩壊した。医者に行くには私的健康保険に入らなければならない。私的健康保険料を払う金などどこにあるのか。また、若者層の就職はますます難しくなっている。これまで無意識に自民党に投票してくれていた高年齢層と若者層が自民党を離れ始めた。

首相は大変な危機感を持っている。『ナショナリズムに訴えるしかないか』と言っていた。ナショナリズムに訴えるには尖閣諸島が一番いい。『何か行動したい』と思っているようだ。考えておいたほうがいい」

石川と山田はワシントンの大使館で一緒だった。よくゴルフをした仲だ。

山田内閣調査室長は警察庁の「警備畑」のエース級で、大泉首相の政局運営の懐刀的存在だ。誰が反首相発言をしているか、詳細に追いかけている。必要に応じて人物破壊やマスコミへの登場阻止を行う。首相を守るのが自分たちの任務だから当然だ。

石川外務次官は答えた。

「中国との関係は厳しくなると思います。中国の基本方針は、『日本が行うことと同じことをする』ということですから、対抗措置を取ってくると思います。総理もこの辺のところは十分お分かりと思いますので、あとは私たちでできるだけの努力をいたします」

石川はこう答えて木内防衛次官を見た。緊迫すれば武力紛争に突入する。石川は「反対するとすれば、それは自分の問題ではない。犠牲者を出すことになるかもしれない防衛省の問題だ」と思っている。

木内は無言である。

防衛省は「政治的判断には介入しない」を金科玉条にしてきた。日本の防衛政策は「米国に指摘されたことを防衛政策に取り込む」ということでつくられてきた。「仮想敵が誰か。いかなる手段を取ってくるか。それにどう対応するか」ではつくられてこなかった。

もちろん、現場では指揮官の指示により、さまざまな訓練を行ってきている。しかし、「中国がどのような攻撃を仕掛けてくるか、それを防ぐ手立てはあるか」という形で防衛政策をつくってこなかった。中国が小競り合い程度でやめるのか、海戦にするのか、空中戦まで行うのか、さらにはミサイル戦にまで持ち込むのか。戦場が拡大すればするほど、なす術はなくなる。しかし、そんなことは初めから分かっている。分かっていて、歴代の防衛次官はなんら発言してこなかった。

木内は「ここは黙るしかない」と思った。「我々には中国と戦った時、勝つ能力がありません。総理、やめてください」とどうして言えようか。

彼は「了解しました。一〇名程度常駐させることは防衛省で実施します」と述べた。「後はどうなるか、それはその時。『不運な時に防衛次官になった』と腹をくくればいいだけの話だ」と思った。

外務省・次官室（3）

石川外務次官は外務省に戻るとすぐに事務次官付に幹部に連絡するよう命じた。

「三時間後、午後三時、重要会議を行う。案件は中国関係である。極力参加するように。参加は局長、および課長一名とする」

　午後三時、官房長、総合外交政策局長、国際法局長、北米局長、アジア大洋州局長、国際情報統括官が集まった。この局長に一人ずつ課長がついた。西京寺は国際情報統括官の隣に座った。机の一番端である。統括官の地位は机の端相当の扱いである。

　石川が口火を切った。

「先ほど、官邸に行ってきた。首相から、『私は近く、一〇名程度、尖閣諸島に自衛隊員を常駐させる構想を発表しようと思う』との発言があった。

　私からは『中国との関係は厳しくなると思います。中国の基本方針は、〝日本が行うことと同じことをする〟ということですから、対抗措置を取ってくると思います』と述べておいた。木内防衛次官は『了解しました。一〇名程度常駐させることは防衛省で実施します』と述べた」

　彼は「総理もこの辺のところは十分お分かりと思いますので、あとは私たちでできるだけの努力をいたします」と述べた部分は伏せた。それは首相と自分との関係に関する話なので、別に省員に話す必要はない。

　石川は急いで付け加えた。

「この話は極めて機微なので、あえて言う必要のないことであるが、この会議のメンバー内部にとどめておくこと。その範囲を超えての発言は一切行ってはならない」

　出席者全員に緊張が走った。

　出席者は皆、「日本が一〇名程度、尖閣諸島に自衛隊員を常駐させる」ことになれば、中国が対抗措置を取ってくることを予期している。一〇名か、二〇名か、五〇名か、中国兵も尖閣諸島に上陸することは必至である。今日の会議は「中国との戦争開始を決める」会議になるかもしれない。

石川は鶴田アジア大洋州局長を見て、「君の意見はどうかね」と聞いた。

鶴田局長はいわゆるアメリカ・スクールである。ここ数年、いわゆるチャイナ・スクールからアジア大洋州局長は出ていない。

鶴田は如才なく次官の言葉を繰り返した。

「次官ご指摘のように、中国の基本方針は、『日本が行うことと同じことをする』ということですから、対抗措置を取ってくると思います。中国との関係は厳しくなると予測しなければなりません」

言葉だけが上滑りしている。

「中国兵が尖閣諸島に上陸したらどうなるのか。戦闘が起こるのか。自衛隊員に死者が出たらどうなるのか。全員死ぬのか。捕虜になるのか。自衛隊員に死者が出たら、日本は次の手を打つのか。それは何か」

誰もそのことに言及しなかった。触れれば、「日本が一〇名程度、尖閣諸島に自衛隊員を常駐させる」という政策があまりにも無謀だということになる。

それは首相の方針にたてつくことになり、首相の方針を容認してきた次官にたてつくことにもなる。

同時に皆、「この政策を容認すれば日本にとんでもないことが降りかかってくる」ことも分かっている。後世、「なんであんな馬鹿な決定をしたのだ」と非難されることも分かっている。

重苦しい沈黙が続いた。

石川は川崎北米局長に向かって言った。

「君から米国側にどう伝達するか考えてみてくれ。これは別途協議しよう」

石川は全員を見渡して念を押した。

「意見は特にない。それでいいですね」

皆、沈黙している。

西京寺が手を挙げた。

「発言いたします」

その声で、皆が一斉に西京寺の方を見た。彼が外務省の反乱分子であることは全員が承知していた。「反乱の発言がある」とその場にいるすべての者が察知した。

石川は西京寺を見た。

「君かね。また愚行を繰り返すのかね」

「はい。そうかもしれません。まあ、あの時は首席事務官でしたから、今日とは少し違いますが」

両者は戦闘態勢に入ったことを悟っている。

また、西京寺は、「これで東京勤務も終わったな」と思っている。

中国から帰って久しぶりの奈緒子との二人の生活だった。「やっぱり結婚していてよかった」と思ったばかりである。この生活も手から滑り落ちる。

石川は西京寺を見て言った。

「で、何を言いたいのかね。今日は鳩山さんの問題ではないと思うが」

石川次官にとって、西京寺は記憶に残る人物である。

石川が北米局長になり、誰もが将来の最有力次官候補であると思った時から、外務省内で誰も自分の意見に逆らう発言はしてこなかった。皆、西京寺事件を知っている。石川にたてつけば、現職を離れざるを得ないことを知っている。

石川は改めて西京寺を見た。

十年前、西京寺はまだおどおどしていた。「発言したい、でも発言したらどうなるのだろう」という恐れが見えた。石川次官は「西京寺に、今は恐れは見えない。私が報復人事を行うことも織り込んでいる。十年という歳月を経て西京寺もたくましくなったんだな」と実感した。

石川はもう一度繰り返した。

「で、何を言いたいのかね」

西京寺は石川の目を見据えて話した。

「尖閣諸島に自衛隊員を常駐させるべきではありません」

一瞬、間をおいて続けた。

「次官がご指摘されたように、中国は必ず反応します。自衛隊員を一〇名、尖閣諸島に常駐させれば、中国は必ず自国兵を送ってきます。一〇名に限らず五〇名を送ってくるかもしれません。必ず尖閣諸島を中国軍が支配します。その時どうするのですか。自衛隊員をさらに繰り出すのですか。そうしたら中国はさらに増強します。海戦から、空中戦、さらにはミサイル戦、エスカレートすればするほど日本は負けます。中国が勝ち戦で矛を収めることはありません。

そもそも、尖閣諸島の問題は外務省に責任があるのです。尖閣諸島を棚上げにしておけば、日本は実効支配が続けられる、法的に優位に立てる。かつて田中首相と周恩来《チョウエンライ》首相、園田外務大臣と鄧小平《トンシャオピン》副首相の間に棚上げの合意があったのです。それを『ない』と言い続けた外務省に責任があるのです。

今、無謀な紛争に日本を持っていこうとしている。開戦前夜のようなものです。外務省は『尖閣諸島に自衛隊員を常駐させるべきではない』と言うべきです」

石川は笑みを浮かべて言った。

「やはり君は愚かだね。確かにあの時は『課長にでもなって発言しろ』と言った。でも状況はそう変わっていないんだよ。君は、今も単なる課長クラスだ。局長ではないんだ。決定に参画する資格はない。……じゃあ、また言っておこうか。局長になって決定権を持って次官室の会議に出たらよい。まあ局長への競争は厳しいから、君が勝ち残るのはたぶん無理だと思うがね」

石川は一同を見渡した。

「首相は『尖閣諸島に自衛隊員を常駐させる』と言った。私はこの首相の考えを受け入れる。この方針に反対の人がいたら挙手してほしい。局長の方々、挙手！　――誰もいない。それでいいね。皆、賛成だね。では本日の会合はこれで終わる。川崎局長、米国にどのように連絡するか、手順を考えて持ってきてくれ。じゃあ終わりだ」

全員が次官室を出た。重荷を負っての退席だった。

孫崎亭の自宅（3）

その日の午後九時、西京寺は孫崎亭を訪ねた。ざっと昼間の会議の顚末を話した。

孫崎亭はもう八十に近い年齢だ。

「それで、僕に何をしてほしいのかね」

西京寺は少し考えた。

「事態は急展開しています。少なくとも今、首相にストップをかける必要があります。誰かが首相に危険なことをしていると進言しなければなりません」

「君はそれを行う心づもりがあるのですか」

「ありますが、外務省のルートではできません。次官がいる。外務審議官がいる。総政局長がいる。アジア大洋州局長がいる。私の出る幕はありません」

「分かった。考えてみる。君、森元首相をどう思っているかね」

「あまり印象が強くありません。でも現役の時には『ノミの心臓』と言われたり、『宴会部長』と言われたり、評判はよくありませんでしたが」

「不思議に外国人は森元首相を評価したよ。ロシアのプーチン首相がそうだった。森氏は首相を終えてからも毎年ロシアを訪問していた。プーチンとは緊密な関係を築いていた。『二島（歯舞《はぼまい》、色丹《しこたん》）即時返還、二島（国後《くなしり》、択捉《えとろふ》）継続審議』を首相が決断していたら、森元首相は事前にプーチンとの間で話をつけていたろうな。イランのハタミ大統領も彼を大変信頼していたよ」

「それは知りませんでした」

「アザデガン油田開発を日本が実施すると決めたのは森元首相だから。米国が反対ということは森首相のところにも来ていたんだ。それで通産官僚と何回も首相官邸で協議している。大丈夫かと。だから、外交に関しては『ノミの心臓』じゃなかったよ」

「そうなんですか。ところで、どうして森元首相が出てきたのですか」

「私が森元首相にお願いしようかと思う。君が首相と話ができるように」

一服おいて孫崎は西京寺に話し始めた。

「私は小松の出身だ。米どころだ。勉強とは縁のない地域だ。中学では相撲やバレーなど運動で県大会に出て優勝を争う、そういう地域だった。この中学の同級生が森元首相の選挙の実働部隊だった。県会議員も同級生だし、市会議員もいる。市役所の部長もいる。それで私も森元首相を知っている。だから頼んでみようと思う」

紀尾井町「福田屋」（2）

八月十日午前十一時、第三国際情報官室長の電話が鳴った。

西京寺はすぐに「西京寺です」と答えた。

「総理秘書官の谷口です。総理がお話を伺いたいと言っています。五分間だけですけれど、来ていただけますか。官邸というわけにはいかないので、食事の前にでも少し話してください。今日の夕方はどうでしょう。大丈夫ですか。では五時五十分、紀尾井町の『福田屋』に来てください。五分間だけです。これでいいですね。後ろに予定がありますから」

孫崎が動いてくれたのだ。

上司の国際情報統括官ですら、首相にブリーフすることはまずなかった。特別の案件がなければ、外務省では次官が定期的に首相へのブリーフを行う。

外務省の車を使わず、地下鉄で行くことにした。赤坂見附で降りて、「福田屋」の方角に歩いていった。西京寺は「福田屋」に来たことがない。それはそうだ。一介の課長の身分で、日本最高級の料亭に行くことはない。

歩いていると「福田屋」という表札があった。

比較的小さな部屋に通された。

側に仲居が一人控えていた。

五時五十分きっかり、大泉首相が入ってきた。

「西京寺君か。森喜朗元総理から『五分、時間をあげてくれ』と言われた。『君の尖閣問題に関する意見を聞け』ということだった。森元総理には、随分とお世話になってきた。君、森元総理を知っているのかね？」

西京寺は「直接は存じ上げません」と答えた。

西京寺は森元首相に会ったことがない。彼が外務省に入った頃はちょうど森首相の任期中であったが、もちろん直接会える機会はない。

大泉首相は「課長ごときに五分でも時間を割かなければならなくなったことは不愉快だ」という雰囲気で言った。

「まあ、何を言いたいのか、言ってください。五分間あげましょう」

部屋にいた仲居が、そっと席をはずした。

「分かりました。二点申し上げます。

尖閣諸島で日本が行動をとれば、中国は必ず同じか、それ以上に反応します。事態がどんどんエスカレートします。その際、日本には勝つ見込みはありません。結局、尖閣諸島は中国のものになります。日本にとって一番いいのは、田中角栄首相、園田外務大臣の時の棚上げに戻ることです。以上です」

大泉首相の表情はますます不快さをあらわにした。

「君の所の次官の言っていることと全く違うじゃないか。外務省は何かね、課長クラスは平気で次官と違うことを言ってもいいのかね」

西京寺は黙っていた。

「君、次官と違うことを言っていると自覚しているのかね」

西京寺は首相の顔を見て言った。

「自覚しています」

「首相に次官と違うことを言うんじゃ、左遷ものだ。組織とはそういうもんだ」

「はい」

「……分かった。ところで、君は『中国は必ず同じか、それ以上に反応します』と言ったね。何か確証があるのかね」

「はい」

「どんな確証があるんだ」

「私は在中国大使館で文化担当をしていました。習近平《シーチンピン》国家主席の妻、彭麗媛《ポンリーユアン》は中国で大変有名な歌手ですが政治家でもあります。彼女の周辺には重要な情報が入ってきています。私は彭麗媛の周辺の人と密接な関係を持っています。最近の北戴河《ベイダイハー》会議での決定も聞いています」

「どんな決定だ」

「『日本が尖閣諸島の主権をより確立させようとする時に乗じ、わが国は尖閣諸島の実効支配への行動をとる。この時は軍事行動も含む。軍事行動は海軍、空軍、ミサイル部隊の出動を容認する。具体的軍事行動は、中央軍事委員会に一任する』というものです」

「外務省に報告しているのか」

「もちろんです」

「自分の所にはそんな情報は来ていない」

「総理は対中強硬派で、尖閣諸島で日本の主権を強化する措置を取られようとしていることは一般国民でも知っています。そんな所に『中国は断固として反応する』という情報は怖くて上げられません。『なんでこんな情報を持ってくるのだ。俺を混乱させる気か』と言われてしまうでしょう」

大泉首相が西京寺をぐっとにらみ付けた。

秘書官が入ってきた。

「皆さんお集まりです。総理、約束の時間がきましたので、席を移してください」

首相が「ちょっと待て。客に〝先に始めてくれ〟と言っておいてくれ」と言った。

「君は日本には『勝つ見込みはない』と言った。防衛省はそんなことは言っていない」

「総理も『勝つ見込みはあるか』と聞かれたことはないでしょう。聞かれなければ説明しません。『総理がお考えのことを実施すれば、結果的に日本の負けになりますよ』とは、とても言えません」

「君はどうすればいいというのだ」

「防衛次官と制服組の人と一緒に呼ばれたらどうですか。制服組は統合幕僚長がいいと思います。

次の質問をしてください。

『自衛隊を尖閣諸島に常駐させたら、中国はどう出てくるのか』

『中国が尖閣諸島にいる自衛隊員をやっつけたら、自衛隊はどうするのだ』

『それに中国はどう対応するのだ』

『そうしたら自衛隊はどうするのか』

最後に、『空中戦やミサイル戦になったらどうなるのだ』

次官が答えたら必ず、統合幕僚長に『それでいいか』と聞いてみてください。統合幕僚長は内局よりも嘘をつくのが下手ですから、正しいことを言うでしょう。結論として、統合幕僚長は『日本は中国と争えば負ける』と言うでしょう」

西京寺は首相の目をまっすぐ見て言った。

「恐縮ですが、申し上げてもよろしいでしょうか」

「なんだ」

「総理は『尖閣諸島を失った総理』と歴史に刻まれます」

首相はぐっとにらんだ。

不思議に西京寺は平静だった。「自分が正しいと思うことを言う」、それでいいという気持ちが固まっていた。

良寛の生活でいいんだという思いだ。

生涯懶立身　生涯　身を立つるに懶《ものう》く
騰々任天真　騰々《とうとう》　天真に任す

嚢中三升米
炉辺一束薪
誰問迷悟跡
何知名利塵
夜雨草庵裡
雙脚等閑伸

嚢中《のうちゅう》　三升の米
炉辺《ろへん》　一束《いっそく》の薪《たきぎ》
誰か問わん　迷悟《めいご》の跡《あと》
何ぞ知らん　名利《みょうり》の塵《ちり》
夜雨　草庵の裡《うち》
雙脚《そうきゃく》　等閑《とうかん》に伸ばす

「本阿弥の一族にとっては何より大事なのはまず自己の自己に対する誠実であって、〔中略〕外に対する器用さよりは己れの心にたがうことを行うのを恐れる」という考え方は西京寺の中でゆるぎない人生の道標になっていた。

ロシアでは一九九三年から約三〇〇名のジャーナリストが殺されてきた。多くの者は「発言を続ければ命を狙うぞ」という脅しの中で主張を貫いた。

西京寺は「ま、日本では『雙脚　等閑に伸ばす』くらいのスペースはくれるであろう」と思っている。

大泉首相は自分の前に立ちはだかる者とこれまで随分多く接触してきた。首相になってからは、地位と金のために媚びへつらう者ばかりだった。

「なんだこの男は。まだ若いくせに」

彼はへつらわない西京寺に対して、不快感を表した。

課長ごときが、首相と同等の心意気で臨んでいる。それだけではない。自分を糾弾しようとしている。

首相が「糾弾しようとしている」という雰囲気を嗅ぎ取ったのは正しかった。西京寺は「あなたは日本を取り戻す、私くらい愛国者はいないというように振る舞っているが、あなたくらい日本に害を与える人はいない」と言いたいくらいなのだ。

「君は私にどうすればいいというのだ」

「棚上げになさるのがいいかと思います」

「外務省は『棚上げの合意はない』と言っている」

「合意はあります」

「分かった。もう帰っていい」

西京寺は「福田屋」を出た。

歩きながら考えてみた。

「大泉首相がこの話をどう受け止めるかは分からない。彼は怒っていた。怒っているから、聞く耳は持たない。しかし、もし彼が一分でも真の愛国心を持っているなら、外務次官を詰問するだろう。防衛次官と統合幕僚長に意見を聞くだろう」

今日は首相に直接話すということになった。改めて「人生って自分一人だけではうまくいかないんだ」と痛感した。

彼は過去、何度となく、「自分は一匹狼で生きている。自分一人でやれるだけはやる。あとはどうなってもいい」と思って生きてきた。特に最近はそうだ。

しかし、西京寺は考えていた。

「どんなに優れていても課長の分際で首相にブリーフすることはありえない。だが、今日はどうだ。自分は森元首相を知らない。しかし、森元首相の支援で大泉首相にブリーフすることとなった。

鄧小平《トンシャオピン》の有名な言葉に『白猫であれ黒猫であれ、ネズミを捕るのがよい猫だ』というものがある。我々は、『ネズミを捕る』という目的が一番重要だと思ったら、白猫であれ黒猫であれ、協力していかなければいけないのだ」

西京寺は人とのつながりの価値を痛感した。これは彼に今までなかった価値観である。

西京寺は自分の人生を振り返っていた。

「ひょっとすると、一匹狼で動きすぎていたかもしれない」

紀尾井町から赤坂の街を歩き始めた。この辺りは全く平和である。

日本が尖閣諸島問題で中国との武力紛争を孕んでいることなんて、どこにも見えない。

「大泉首相はどうするだろう」

西京寺はまた皇居に向かって歩き始めた。

ふと、昔読んだエセーニンの詩を思い浮かべた。

わが思念を去らぬもの――

なにゆえに　カレ〔キリスト〕は処刑されたか？
なにゆえに　カレはその首をいけにえに供えたか？
カレはスボタの敵、それゆえ　高く頭《こうべ》を持し、
ひるまず　汚臭に刃向かったのであろうか？

ピラート・プロコンスルのくに
光も影もカイサルのクリトに溢れるそのくにで　カレは
貧寒な村々の一握の漁夫を語らい
金権のかしらカイサルに立ち向かったのではなかったか？

〔中略〕

わたしは好まぬ、奴隷の宗旨を
世々恭順なあの宗旨を
わが信は　奇蹟にうすく
わが信は　人の知と力にあつい

わたしは信ずる――

行くべき道を歩み　ここ　この大地の上に　生身を捨てずして　いつか
われならずとも　誰かが
まこと　神のきわに至ることを

（『エセーニン詩集』内村剛介訳、彌生書房）

「わたしは信ずる――　行くべき道を歩み　ここ　この大地の上に　生身を捨てずして　いつか
われならずとも　誰かが　まこと　神のきわに至ることを」か。
そうだ。「われならずとも誰かが」でいいのだ。

〔了〕

孫崎 享（まごさき・うける）
一九四三年旧満州国鞍山生まれ。一九六六年東京大学法学部中退、外務省入省。英国、ソ連、米国（ハーバード大学国際問題研究所研究員）、イラク、カナダでの勤務を経て、駐ウズベキスタン大使、国際情報局長、駐イラン大使を歴任。二〇〇二～二〇〇九年まで防衛大学校教授。
［著書］
『戦後史の正体』（創元社）、『日米同盟の正体』（講談社現代新書）、『日本の国境問題』『これから世界はどうなるか』（以上、ちくま新書）、『日本の「情報と外交」』（ＰＨＰ新書）、『独立の思考』（角川学芸出版）等多数。

小説《しょうせつ》 外務省《がいむしょう》
——尖閣問題《せんかくもんだい》の正体《しょうたい》

二〇一四年四月二十日　第一版第一刷発行

著　者　孫崎 享
発行者　菊地泰博
発行所　株式会社現代書館
東京都千代田区飯田橋三―二―五
郵便番号１０２-００７２
電　話０３（３２２１）１３２１
ＦＡＸ０３（３２６２）５９０６
振　替００１２０-３-８３７２５
組　版　エディマン
印刷所　平河工業社（本文）
東光印刷所（カバー）
製本所　積信堂
装　丁　中山銀士

地図制作／曽根田栄夫
校正協力／坂本俊夫・岩田純子・迎田睦子
 ISBN978-4-7684-5730-6
定価はカバーに表示してあります。乱丁・落丁本はおとりかえいたします。
http://www.gendaishokan.co.jp/